나를 살리고 ─────── 사랑하고

나를 살리고 ——————— 사랑하고

현요아 지음

허밍버드
Hummingbird

아픔을 해석하고
해독하는 능력

이 책으로 브런치북 대상을 받았다. 그건 1년간 써 온 이야기가 책으로 묶여 빛을 본다는 뜻인데, 한창 기뻐해도 모자랄 시간에 두 가지 이유로 악몽을 꿨다. 첫 번째는 허락이었고, 두 번째는 자격이었다. 책은 스스로 생을 등진 동생의 이야기로 시작하므로 글의 바탕이 되는 주인공에게 허락을 구해야 한다는 자책감이 들었다. 본가인 제주에서 비행기를 타고 출판사로 건너가 계약서를 쓰는 동안에도, 사람들의 축하를 받는 순간에도 어김없이 온통 그 생각에 사로잡혀 울지도 웃지도 못하는 얼굴로 날을 지새웠다.

네 얘기를 써도 되냐고, 네가 떠난 뒤에 겪은 내 심리를 적어도 되냐고 물었지만 답을 받을 수 없었다. 출간 이후 동생을 글감으로 이용했냐는 구체적인 악플이 달리는 상상까지 하자 집필을 포기해야 할지 고민했다.

불안에 잠겨 일기를 끄적이던 때, 불현듯 일곱 살 때부터 동생이 나에게 했던 말이 기억났다. "언니는 글만 써. 내가 돈 많이 벌어서 언니가 돈 걱정 없이 쓰게 해 줄게." 그 말을 오래, 그리고 자주 떠올렸다. 동생이 떠난 후 한 번도 쓰지 않았던 동생의 노트북을 열었다. 과제를 하기 위해 연달아 자판을 눌렀을, 동생의 손길이 닿은 노트북으로 책을 마무리해야겠다고 다짐했다. 언니로서 동생에게 하지 못했던 말을 살아 있는 사람들에게 전하고 싶은 마음이 컸다. "언니, 나는 왜 살아야 해? 세상을 사는 것보다 끊는 게 더 쉬울 것 같은데 왜 굳이 힘을 내야 해?" 마땅한 답을 찾기 힘들어 미루고 미뤘던 대답을 동생을 보내고 난 뒤에야 조금씩 찾았다. 완벽한 답이란 없어서 10년 뒤의 나는 또 다른 답을 품겠지만, 적어도 지금의 나로서는 최선의 답을 내놓을 준비가 됐다.

자살 유족 치료비 지원 사업으로 심리 검사비를 지원받았다. 일어나지 않은 일까지 미리 걱정하는 범불안 장애와 조울증이라 불리는 제2형 양극성 장애, 충격적인 사건을 겪어 사건의 잔상이 남아 자신을 괴롭게 하는 외상 후 스트레스 장애까지 총 세 개의 진단이 따라붙었다. 심리 검사 선생님이 부르는 기다란 숫자를 거꾸로 읊고, 알록달록한 큐브를 시간 내에 맞춰 그림과 같은 도형으로 만들었는데, 유독 기억력만 낮게 나왔다. 충격적인 사건을 맞닥뜨려서 조금 오랫동안 건망증이 이어지리라는 해석이 덧붙었고, 선생님의 말씀대로 생활에 천천히 지장이 갔다.

글 한 편을 쓰며 내가 뭘 쓰는 중인지 잊었다. 책을 한 권다 읽고 다음 날 같은 것을 읽어도 처음 읽는 듯한 기분이 들었다. 에세이는 기억을 되짚어 쓰는 분야이므로 에세이스트라는 자격을 상실한 것 같았다. 그러나 이렇게 부족한 내가, 어렸을 때 바느질만 하면 꼭 다치고야 말던 내가 한 땀 한 땀코를 꿰듯 당신에게 글을 보낸다면 그것이야말로 의미가 있겠다는 생각이 들었다. 책은 번듯하게 나와 서점에 자리 잡겠지만, 정작 작가는 깜빡거리며 썼으므로 진심은 쭈글쭈글한모양으로 서툴게 제작됐을 것이다. 그러나 나는 최선을 다해문장을 골랐고, 당신은 선뜻 책을 집어 읽기를 택한 용기 있는 사람이므로 문장 속 숨겨진 진심을 찾아낼 테다.

동생의 이야기를 글로 쓰기 시작한 때는 스물여섯이고, 스물여섯이라는 나이는 경험을 나누기보다 배우는 쪽으로 여겨지기에 어린아이가 삶을 꿰뚫은 척 으스댄다는 평가를 받을지도 모른다. 그러나 나는 앞으로도 나이라는 한계에 구애받지 않고 죽음과 삶을 논하고 싶다. 어떤 면에서는 지식도, 상식도 부족하겠지만 그저 당신이 나와 함께 살았으면 하는 소망으로 경험에서 비롯된 이야기를 담았다. 사랑하는 사람과 이른 작별을 한 사별자에게, 세상을 떠나고 싶어 하는 사람에게, 외로움을 느끼는 나날이 늘어 가는 사람에게, 자기 연민에서 벗어나 더 나은 미래로 가고 싶어 하는 사람에게 닿는다면 바랄 것이 없겠다. 사람인지라 표현에 한계가 있어 어떤 문장은 의도와 다르게 해석될 여지가 있겠지만, 나는 결코 당신에게 해를 가하고 싶은 마음이 없다. 오래 당신의 편이고 싶다.

대인기피증을 심하게 앓을 무렵에는 두근거리는 심장을 부여잡고 친한 친구 몇을 불러 모아 유언을 밝혔다. 내가 느끼는 아픔 외에는 아무것도 고려하지 못해서, 자기 연민이라는 불행 울타리를 두를 때여서 마음껏 축하해야 하는 친구의 생일날임에도 눈치 보지 않고 세상을 떠나겠다고 말했다. 삶을 지속할 힘이 없다고, 짧은 인생이었지만 사는 동안 너희들이 내 친구가 되어 줘서 고맙다는 말에 친구들은 어른이라는 신분도 잊고 엉엉 울었다. 꺼이꺼이 통곡했다. 그러고는 말을 번복할 때까지 나를 보내지 않겠다며 막차도 놓치고 첫차도 놓치게 했다. "아, 알았어. 안 죽을게"라고 건성으로 답하면 더 잡는 식이어서 계획 같은 것은 세우지 않는 내가 "내일은 뭘 할게. 내년에는 어떻게 살게. 살아서 더 예쁘고 좋은 거 많이 볼게. 지금이 끝이라고 생각 안 할게" 하고 느릿하게 말한 뒤에야 겨우 집을 나올 수 있었다. 물론 그 일이 있은 후에도 나아지지 않아서 자고 일어나면 친구들이 울던 장면이 꿈인지 현실인지 분간되지 않아 외로웠다. 스스로 묻고 답한 뒤에야 비로소 덜 외롭게 땅에 설 수 있었다.

당신이 이 책을 읽은 후 모든 내용을 잊어도 괜찮다. 시간이 지나 친구들이 울던 장면이 꿈처럼 옅어졌듯, 책을 읽은 모든 기억을 흐릿하게 둬도 좋다. 다만 나와 이 책에서 만난 일은 변치 않을 진실이므로 당신이 조금 더 든든하기를, 책을 덮고 나서는 스스로의 아픔을 면밀히 해석하고 해독하기를, 그래서 기어코 불행 울타리를 깨고 나와 닿음이 소중해진 사회에서 온기를 나누기를 바란다. 우리에게는 충분히 그럴 능력이 있다.

불행 울타리를 깨고 나온 밤에,

현요아

차 례 *

2.
불행 울타리 두르지 않는 법

3.
우리는 지금 살고 있군요

1.

일상
사별자의
품

어느 자살 사별자에게

불행은 저마다의 속도로 찾아온다. 전조 없이 갑작스레 방문하기도, 기분 나쁜 소리를 내며 천천히 존재를 내세우기도 한다. 나는 전자와 후자를 모두 겪어 봤으나 그들이 동시에 온다고는 예상하지 못했다. 막냇동생과 나는 마루에서 몸을 움직이며 게임에 몰두하고 있었고, 아빠는 소파에 앉아 무언가를 씹으며 영화에 집중했다. 창밖으로 간간이 천둥소리가 들리긴 했지만 제주 날씨는 원래 썩 좋은 편이 아니므로 대수로이 여기지 않았다. 욕이 섞인 고함을 지르는 아빠도 없었고 방에 들어가 문을 잠그는 막내도 없었다. 그토록 원하던 단란한 가족의 모습 속에서 마음껏 행복을 누렸다. 기쁨을 억지로 누적하면 슬픔 어린 순간을 만날 때 힘을 발휘한다는 사실을 잘 알았다.

"네가 이겼어."

"누나 너무 못해."

그런 시시한 대화를 할 때였는데 초인종이 지직거렸다. 지은 지 오래된 집을 따라 함께 낡은 초인종은 택배가 와도 달갑지 않은 소리를 내곤 했다. 게임기를 내려놓고 나갈 채비를 하자 현관문이 열렸다. '누가 예의 없게 남의 집 문을 허락 없이 여는 거야'라고 생각하는데, 경찰 두 명이 쏟아지는 비를 그대로 맞으며 우리를 바라봤다. 그들은 확신에 찬 눈빛으로 더듬거리지 않고 여동생 이름을 또렷하게 읊었다. 아빠는 지레 겁먹은 듯 물음표만 반복해서 정신을 붙잡은 내가 점잖게 안다고 대신 답했다. 경찰이 나에게 포스트잇을 건넸다. "자세한 건 잘 모르겠고, 이쪽으로 연락해 보세요." 분명 아는 것 같은데 일부러 모르는 척하는 경찰에게 받아 든 포스트잇에는 동생이 지내는 지역의 경찰서 번호가 적혀 있었다. 평소 화를 조절하기 어려워하던 동생이 끝끝내 사고를 치거나 당했구나. 정황으로 비춰 보건대 둘 중 하나는 확실했다. 번호를 눌러 전화를 걸자 수화기 건너편에서 경찰이 사무적인 말투로 물었다.

"형제분 되시나요?"

그렇다고 답하자 그는 곧 극존칭을 썼다. "조그만 사고를 쳤어요" 하고 너털웃음을 지으면 좋았을 텐데 "돌아가셨습니다"라고 했다. 내가 되물었다. "어디로 돌아가요? 걔가 어디로 돌아가요?"

나와 아빠가 울지 않고 엄마에게 전화를 걸어 부고를 알리자마자 엄마는 울지 않고 바로 가겠다고 답했다. 막내도 울지 않고 화장실에 들어가 칫솔을 챙겼다. 수화기 너머로 아빠가 경찰에게 사망 추정 날짜를 전달받는 동안 항공편을 예약했다. 여동생의 사진과 편지를 빠르게 챙기며 엄마와 아빠를 봤더니 완전히 넋이 나가 있었다. 나는 그 두 명과 당혹스러워하는 막내를 데리고 공항에 다다랐다. 경찰서로 향하는 택시 안에서 시간에 따라 진행되는 사람의 부패 단계를 확인했다. 동생은 3일 뒤에 발견됐으니 그나마 얼굴은 온전히 볼 수 있겠다는 안도감과 이런 것으로 안도감을 느껴야 하는 상황에 대한 황망함이 동시에 다가왔다.

여동생이 살던 원룸의 주인은 최대한 빠르고 조용하게 방을 비워 달라고 부탁했다. 감정을 추스를 여유조차 주지 않는 이성적인 메시지에 마음이 아렸으나 어른인 나는 그의 사정도 헤아릴 수 있기에 울지 않고 젖은 걸레를 짜 방 곳곳에 밴 동생의 흔적을 닦아 냈다.

스스로 생을 끊은 고인의 가족은 급작스러운 이별에 충격을 받은 나머지 장례식을 제대로 준비하기 어렵다. 사유를 밝혔을 때 '왜'라는, 반드시 뒤따라올 질문에 명확한 대답을 하지 못한다는 이유도 있어서다. 경찰은 취조를 하며 그간 왜 동생을 보살피지 않았느냐고 물었다. 나는 담담하게 10년간 보살폈다고 답한 뒤 가방 속을 더듬거리며 약봉지를 꺼내 저녁 치 항불안제를 삼켰다. 그제야 그는 언니를 탓하려는 의도가 아니라고 덧붙였다. 나는 고개를 끄덕이고 책상에 널브러진 여동생의 일기장을 펼쳤다. 통역사가 되겠다는 각오부터 봉사단 자기소개서 마감일까지. 동생은 우리의 바람대로 삶을 이어 보겠다는 다짐을 실현하는 중이었다. 한 달 전 나는 동생에게 함께 살자고 말했다. 우리 둘 다 과거의 고통에 묶이지 말고 현실을 지내 보자고. 동생은 처음이자 마지막으로 사랑한다는 말과 함께 전화를 끊었다.

영안실에 누워 눈을 감은 동생의 얼굴을 볼 때도, 유골함에 담긴 동생을 볼 때도 눈물이 나지 않았지만 모든 일정을 해치우고 동생의 일기장을 들여다보자 감정이 흔들렸다. 사무치는 고독감을 안고 결정한 선택에 하나의 이유만 있지는 않았겠으나, 그중 핵심적인 이유로 보이는 내용이 쓰여 있었다. 동생은 유년 시절의 잊기 어려운 트라우마를 또박또박한 글씨로 자세히 적어 뒀다. 그 시절을 같이 겪은 나는 묘사를 읽으며 당시 상황을 떠올렸다. 내가 세상을 떠나겠다고 다짐한 이유와 흡사한 내용을 보며 동생을 지키지 못했다는 자책감에 밤을 새웠다.

*

우리나라의 자살률은 OECD 국가 중 1위지만, 지인이 자살을 택했다는 사실은 공인을 제외하고 알기 어렵다. 나는 그 이유 중 하나가 가족과 주변인을 잠정 가해자로 모는 시선이라 생각한다. 보건복지부의 한 조사에 따르면 자살을 시도하기 전 93퍼센트의 사람이 도와 달라는 신호를 보낸다던데, 그렇다면 당신은 사람을 구할 수 있는 일생일대의 신호를 무심히 넘기지 않았는가 질문하는 듯한 시선. 만일 눈앞에 놓인 삶을 바삐 사느라 사랑하는 이의 구조 요청을 지나친 것이 아니냐 여기는 이가 있다면 나는 내 사례를 짚어 확고하게 말할 수 있다. 동생의 구조 요청을 확인했고, 온 가족이 힘을 다해 도왔으나, 끝내 막지 못했다. 불현듯 옥상에 오른 이를 기숙사로 돌려보냈다가 구조 전과 같은 결과를 마주한 사람의 사례가 떠올랐다.

《우리는 모두 자살 사별자입니다》(창비, 2020)의 저자 고선규 박사는 "자살에 이르는 경로는 개인마다 다르기 때문에 누가 어떤 상황에서 자살할 것인지를 정확하게 예측해 예방하기란 거의 불가능에 가깝"다고 했다. 동생은 치열하게 살았으며 다가올 미래를 기대했다. 새 옷을 샀고 청소를 했다며 사진을 찍어 보냈다. 해가 뜨는 것을 당연하게 여기지 않았고, 떠나기 전날에는 홀로 카페에서 콜드브루 라테를 맛봤다.

일주일간은 탐정을 자처해 동생의 온라인 기록을 샅샅이 조사했다. 생전에 마지막으로 나눈 메시지는 무엇인지, 누구와 가장 친했는지. 강화된 개인정보 보호법에 의해 2016년 8월 이후 출시된 휴대폰은 고인의 가족이어도 잠금 해제를 할 수 없다. 따라서 스크롤을 내리면 엿볼 수 있는 미리 보기를 통해 인증 번호 몇 자리를 입력하고는 이메일에 접속했다.

보낸 메일함을 하나하나 열어 보면서 도대체 나는 무얼 찾기 위해 이리도 애쓰는지 궁금해졌다. 문제의 답을 풀며 살던 학창 시절처럼, 동생의 선택에도 확고한 이유 하나가 나왔으면 하는 마음이었을까. 주요인이 짚이면 그 사람이 누구든 찾아 분통을 터뜨리고 역시 내 잘못은 없었다는 이기적인 안도감을 얻기 위한 것이었을까.

필사적으로 동생의 기록을 살피는 것은 나만 보인 모습이 아니었다. 같은 이유로 동생을 잃은 아는 언니 역시 자신의 동생이 생전 사람들과 주고받았던 채팅과 이메일 내용을 밤새워 살펴봤다고 했다. 동생이 왜 죽었는지 알고 싶다고, 알아내야 한다고 했다. 나와 닮은 사례를 보며 다시 안도의 한숨을 쉬었다. 정신을 놓은 게 아니었구나. 나만 그런 게 아니구나. 현실에서 기피하는 죽음을 지켜본 이들의 이야기는 투명하게 보이지 않아서 조그만 기록 하나하나가 큰 힘이 된다. 이 책을 내는 이유다.

정신과 선생님은 사연을 듣자마자 약의 강도를 높였다. 그러고는 혹시 동생을 따라가고 싶은 마음이 생겼는지 물었다. 고개를 저었다. 오히려 이기적으로 살고 싶어졌다고 대답했다. 이제껏 나의 아픔에 집중한 나머지 남겨진 이의 아픔을 무시했는데, 이른 작별을 선고받은 이의 상처가 이리도 크다면 절대 못 떠나겠다고 말이다. 장례식장 직원은 마지막으로 동생에게 전할 말이 있느냐 물었다. 나는 소리 내서 "나중에 봐"라고 말했다. 나는 조금 더 즐기고 갈래. 세상이 얼마나 예쁜지도 보고, 세계 곳곳 다정한 사람도 만나고. 질투 날 정도로 멋지게 사는 것은 내 소원이자 동생의 소망이었다. 동생은 늘 나를 멋지다고 표현했다. 언젠가 "언니는 어떻게 나를 안 따라왔어?"라고 툴툴댄다면 "그러게, 같이 있자고 말했잖아. 바보냐?"라고 답할 테다.

집의 시간은 멈췄다. 다들 멍하니 앉아 있거나 틈만 나면 잠을 잔다. 아침에도 낮에도 밤에도 새벽에도 고요하다. 기나긴 잠에 지쳐 눈이 강제로 뜨일 때면 각자의 방식으로 상처를 들여다보고 매만지고 다시 덮기를 반복한다. 그나마 다행인 것은 우리 가족 모두 동생의 소식을 숨기는 데 급급하지 않다는 것. 먼 나라로 여행을 떠났다는 이야기를 지어내지 않아 부끄러움이라는 감정이 조금이라도 생기지 않도록 도와준다는 것.

훗날, 여동생과 팔짱을 끼고 걷다 보면 누군가 할머니와 손주냐고 물어보겠지. 그러면 활짝 웃어 보여야겠다. 손주가 나를 안 닮아 이렇게 예뻐요, 하고.

'살아남은'과
'남겨진'의 차이

　　만 21년을 만난 친동생과 사별한 뒤 가장 오래 머무른 감정은 슬픔보다 원통에 조금 더 가까웠다. 느린 속도로 존재를 드러내던 불행이 갑작스레 다가왔다고 표현한 이유는 이 때문이다. 동생은 학내에 만연한 따돌림을 겪고 학원 선생에게 성추행을 당한 중학생 시절부터 세상을 등지고 싶어 했으며 고통이 수반되는 방법에도 개의치 않고 도전해 수십 번 실패했다. 나는 이미 동생을 마음에 묻어 뒀다. 내가 기억하는 사랑스러운 동생은 오래전에 나를 떠났다고 스스로를 속이며 언젠가 들이닥칠 상황에 마음을 대비했다. 눈물 한 방울 흘리지 않고 무던하게 사건 현장을 살피는 나를 보며 경찰은 독한 언니라 여겼을지 모른다.

인터넷에 "언제쯤 잊고 지낼 수 있을까요" 물었더니 영영 그럴 수 없다는 답변을 받았다. 가족은 눈을 감을 때까지 고인을 마음 한편에 둔 채 살아갈 수밖에 없다는 얘기에 섣불리 창을 끄지 못했다. 도대체 나는 무슨 죄를 지었기에 심장에 무거운 도끼를 꽂아 둔 채 삶의 의미를 찾아야 하는지 억울했다. 우리 사회는 고인을 미워하는 모습보다 그리워하고 안타까워하는 분위기가 지배적이어서 떠난 이의 죽음으로 내 삶이 무너졌다는 분노를 표하는 일을 용인하지 않았다.

유족 전문 심리 상담 선생님은 괴로워하는 나에게 그림 하나를 보여 줬다. '존 볼비의 애도 과정'이었다. 그림은 네 개의 단계로 나뉘어 있었는데, 사랑하는 사람을 보낸 뒤 남겨진 이가 겪는 감정의 과정을 표현한 것이라고 했다. 누군가를 잃으면 처음에는 충격에 빠져 망연자실하다가, 이내 그리움과 갈망을 느끼고, 후에는 혼란과 절망에 빠지다가, 끝에는 그의 부재로 자신의 삶을 재조명한다고 했다. 고개를 갸웃했다. 지금 나는 차근차근 단계를 밟지 않고 온통 뒤죽박죽된 모습으로 하루를 걷고 있었다. 어제는 그립다가 오늘은 충격을 겪는 식의 혼란스러운 감정을 느끼며 직장에 복귀했는데 여전히 몽롱했다. 눈은 모니터를 향해 있는데 머리는 홀로 동굴을 파고 과거를 들춰내 후회해도 달라지지 않을 상황을 반복해 헤집었다. 시간이 날 때마다 동생이 간 사후 세계는 어떤 곳이며 현장을 청소하는 특수 청소업체 직원은 어떤 식으로 트라우마를 잊는지 검색했다. 점심을 거르고 혼자 남은 사무실에서 자살을 다룬 수많은 영상과 문서를 봤다. 정신을 차리니한 달이 흘러 있었다.

문득 사람들이 동아리원처럼 보였다.
오늘은 지구에서 살아남은 동아리원, 내일은 지구에 남겨진 동아리원.

동아리가 바뀔 때마다 의욕의 높낮이도 수시로 변했다. 동생을 보내고 지구에 살아남은 동아리에 들 때는 그 아이 대신 무언가를 더 해내야 한다는 부담이 따라왔다. 코로나19가 종식되면 동생이 그토록 살고 싶어 했던 독일에 한동안 몸을 담가야겠다거나 동생이 응원하던 나의 커리어를 더 탄탄히 다져야 한다는 무게감 같은 것.
동생에게 버림받아 지구에 남겨진 동아리에 들 때는 친동생을 위로하지 못한 내가 누구를 위로하나 싶은 무기력에 시달렸다. 아픈 기억을 덮고자 꾸역꾸역 써 낸 동화를 읽은 합평 동료는 어른의 시선으로 교훈을 주는 작품이라 평했다. 상황을 관통한 정답이었다. 평소 동생이 나에게 아픈 말을 내뱉지 않았더라면 나도 동생에게 더 많은 사랑을 건넸으리라는 가정에서 시작한 이야기였다. 지구에 남겨진 동아리원으로서 나는 미움과 그리움을 동시에 품고 잠이 들었다.

두 동아리를 번갈아 오가면서 차라리 살아남은 동아리에 드는 편이 낫다는 생각을 했다. 의사와 상관없이 버림받은 것보다는 자발적으로 남았다고 위안하는 것이 스스로가 덜 안쓰러워 보이는 결정이니까. 찾아온 불행을 잊겠다며 엄청난 양의 동화를 쓰고 방대한 자기소개서를 쓰며 이직을 준비했다. 성공이라 불리는 목적을 정해 과정에 몰두하면 의미든 기쁨이든 뭐라도 잡힐 줄 알았지만 물밀듯 찾아오는 허무는 어찌할 도리가 없었다. 자기 계발이고 취미고 다 무슨 소용인가 싶었다. 부자든 유명인이든 결국 사람은 흙으로 돌아가는데, 열심히 움직여야 하는 의미를 당최 찾을 수 없었다.

퇴근길까지 그 생각에 몰두하던 무렵이었다. 빠르게 어둑해지는 하늘을 보며 집으로 향하던 발걸음을 바다로 돌렸다.

강풍으로 침수될 위험이 있으니 해안 근처에 가지 말라는 재난 문자를 받을 때였다. 자연의 거대함에 압도되고 싶다는 간절한 바람으로 거센 강풍을 헤치며 해안선 쪽으로 거침없이 걸었다. 텅 빈 바다에 도착하자마자 눈에 밟힌 장면은 짙은 구름도 높은 파도도 아닌 파도에 밀려 작은 모래성이 산산이 부서지는 모습이었다. 나뭇가지로 삐뚤게 그린 모르는 이의 이름과 커다란 하트도 사정없이 흩어졌고, 소원을 빌겠다며 촘촘하게 쌓아 올린 돌탑도 무너졌다.

컵에 모래를 담아 꾹꾹 눌러 모래성을 만든 사람은 자신이 만든 모래성이 영원히 해변에 머무르리라는 기대는 하지 않았을 것이다. 집어 든 나뭇가지로 모래에 이름을 적은 사람은 동행한 인연과 모래사장에 그린 글자가 영원하리라고 확신하지 않았을 것이다. 작은 조약돌을 다른 돌 위에 올리며 희망을 바란 사람은 강풍이 불면 언젠가 돌이 쓰러지리라는 사실을 알면서도 주의를 기울여 작은 돌 위에 돌을 쌓았을 것이다. 그들은 그려 냈고 만들어 냈다. 빠르게 무너질 일에 시간과 노력을 쏟았다. 찰나의 아름다움과 의미를 놓치지 않겠다는 듯.

나이를 말하면 어떻게 그럴 수 있냐는 비웃음을 당할 정도로 어릴 때부터 죽음이라는 선택지를 고려했다. 남겨진 이에게 복수하겠다는 열망을 지닌 채 떠나고 싶다고 말한 적도 있었고, 남겨진 사람은 필요 없다고 소리친 적도 있었다. 이제 남겨진 위치가 되어 헤아리기 어려운 고통의 시간을 보내는 나는 남은 이가 덜 괴로울 수 있도록, 어차피 찾아올 죽음을 더 반가워하며 맞이할 수 있도록 죽음을 준비해야겠다고 다짐했다.

다음 날에는 병원에 들러 미뤄 뒀던 사전연명의료의향서에 서명했다. 살 확률이 극히 낮을 경우 심폐 소생술이나 항암 치료를 받지 않겠다는 내용의 서약서였다. 이윽고 인터넷으로 장기와 조직 기증을 신청했다. 담당자가 손에 쥐여 준 '당신은 죽음을 준비하고 있나요?'라는 문구를 새긴 포스터를 들고 나오는 길에 이마에 땀이 맺혔다. 주위를 둘러보니 제주에는 이른 벚꽃이 움트고 있었다. 소매를 접어 올리며 편의점에 들러 새로 나온 음료수를 샀다. 건널목 앞 그늘진 벤치에 앉아 땀을 식히던 때 문득 그런 마음이 들었다. 새로운 동아리에 들어야겠다고. 지구에서 살아남은 동아리도, 지구에 남겨진 동아리도 아닌 지구에서 쉬어 가는 동아리로.

그러니 동생은 지구에서 쉬어 가는 동아리원 옆에 잠시 들렀다가 제 길을 찾아 떠난 것이다. 나는 여전히 벤치에 앉은 채 오가는 사람들과 대화를 나누겠지. 좀처럼 바뀌지 않는 빨간불에 지쳐 벤치를 찾은 이에게는 새로 산 음료수를 건네며. "오늘 참 덥네요. 내일은 비가 오려나요" 하면서 마음에 드는 인연을 만나면 연락처를 교환하기도 하고. 동생의 빈자리를 대신하는 언니의 탈은 훌렁 벗어 던지고서 그저 나의 모습으로. 강풍이 불어 나라는 사람을 지워 내기 전까지 오래오래.

거꾸로 기우는 꼭두각시

　　다 틀렸다. 홍대와 합정 사이 어느 후미진 골목의 점집에서 들은 예언 대부분이 진실을 비껴갔다. 워낙 유명한 곳이라 한 달 전부터 간신히 예약해 들어섰는데, 결론은 엉망이었다.

　　첫 만남에 혹한 것은 사실이다. 그는 생년월일을 듣자마자 "기자네, 아니면 작가거나"라고 말해 나를 놀라게 했다. 찰나에 커다란 신뢰감을 느낀 나는 "동생과 연을 끊으려는데 언제가 좋을까요?"라고 물었다. 그는 대뜸 화를 내며 "오래 다정하게 지낼 것"이라 답했고, "어떤 직업을 가질까요?"라 묻자 〈도깨비〉를 쓴 김은숙 작가를 뛰어넘는 드라마 작가"라고 목울대를 세웠다. 상담이 끝나고 작별 인사를 할 때쯤 그가 아량을 베풀듯 덧붙였다. "다음 애인은 엄청나게 잘생기고 순한 사람이야." 글쎄, 지나 보니 엉망인 인연이었다.

말마따나 훗날 그가 말한 인연을 만나거나 방송업계에 들어가 작가가 될 가능성이 아예 없다고 말할 수는 없겠지만, 동생과 사별한 시점 그의 말을 회상하면 그의 몸에 들었다는 신은 나를 만날 때 잠시 자리를 비운 것이 틀림없다. 그러지 않고서야 어쩜 평생 연이 끊기는 커다란 일조차 틀리지는 않았을 테니.

카드를 받지 않아 계좌 이체를 했지만 좋은 얘기만 들은 덕에 상쾌하던 때를 떠올리면 점쟁이가 괜히 미워지다가, 오히려 그의 말이 빗나갔으니 다행이라는 안도감이 든다. 그의 말대로 스물일곱에는 대기업, 스물아홉에는 사비를 털어 대학원 입학, 서른둘까지 쩔쩔매다 그다음 해에 어렵사리 드라마 공모에 당선된다면 찰나의 기쁨 이후 어마어마한 허무가 밀려올 테다. 사람이 신의 뜻대로 움직이는 꼭두각시라는 가설을 단단히 뒷받침하는 증거니까.

이제껏 쌓은 가치관을 발판 삼은 선택이 모두 신의 계획이라면, 숨 가쁘게 달려가다 크게 넘어진 시절과 그때 겪은 절망마저 철저히 계산된 누군가의 작품이라면, 그 순간이야말로 속절없이 무너질 때가 아닐까. 성격 테스트를 할 때마다 안정 추구형에 계획파라는 설명이 따라오는 나라도 정해진 미래는 못 견디겠다.

갑자기 사주와 인생 운운하니 당황스러울 분에게 슬쩍 귀띔하자면, 엄마가 자꾸 동생의 운명을 합리화하기 때문이다. 사별한 이를 만나는 방법은 아직 알려지지 않았으므로 남은 이가 할 일은 그가 우리가 모르는 곳에서 편안히 쉬고 있으리라는 바람을 품는 것과 어차피 떠날 운명이었다는 합리화밖에 없다는 사실을 잘 안다. 동생이 세상을 떠난 것은 이미 정해진 운명이라 믿는 엄마의 혼잣말에 내 관심사도 자연스레 그쪽으로 향했다. 둘째였던 동생이 태어날 당시는 마침 형편이 어렵던 때여서 엄마와 아빠는 할 수 없이 가짜 돌상을 차려 돌잔치 없이 사진을 찍었다. 그런데 진짜 돌상이 아닌 가짜 돌상을 차렸다고 해서, 동생을 임신했을 때 엄마가 꾼 태몽에서 검정 고무신을 신은 삼신할머니가 나왔다고 해서 모든 것이 한 편의 시나리오처럼 완결을 위한 복선으로 짜이지 않았단 말이다.

물론 해마다 무속인을 찾는 엄마의 말을 가만 들으면 맞은 점지도 많다. 내가 중학생이었을 때, 엄마의 손을 잡고 들른 어느 제주 산골의 점집에서 무속인 할머니는 나를 보며 사주에 책과 목탁이 끼어 있다고 했다. 곧 죽을 만큼 커다란 교통사고가 날 테니 굿을 해야 한다고 말해 어린 나이에 가부좌를 틀고 곡에 맞춰 생쌀을 거침없이 뒤로 던진 기억이 생생하다.

생쌀을 하염없이 던진 후 맞이한 중학교 2학년, 건널목을 건너다 달려오는 차에 그대로 치였다. 깁스를 한 채 여름내 꼼짝없이 누워 지내야 했다. 땀을 뻘뻘 흘리며 사무치게 슬퍼한 이유는 친구를 못 만나거나 학교에 못 가서가 아니었다. 난생처음 겪는 고통에 아파서도 아니었다. 처음 본 할머니의 말이 맞아떨어졌다는 사실이 속상했다. 시간이 흘러 고등학교를 졸업할 무렵, 여섯 군데에 넣은 수시 원서 중 딱 한 군데 붙은 곳이 불교 대학교의 문예창작과라는 사실도 어이가 없었다. 합격증을 들고 기뻐하는 내 앞에서 엄마는 "역시 그 할머니가 용하다니까"라며 기뻐했다. 역시 엄마는 초를 치는 데 일가견이 있었다.

그러니 용하다는 서울의 점집, 예약에 대기까지 참고 들은 예언이 결국 다 틀렸다는 것은 나로서 아주 기쁜 일이다. 교통사고와 대학교를 맞힌 할머니의 말이라면 아마 한 달은 더 즐거워했겠지만.

스물여섯인 지금, 할머니가 말한 남은 예언 중 이뤄지지 않은 것은 딱 하나다. 20대에 결혼하면 30대에 이혼한다는 것. 할머니의 말이 틀리기를 간절히 바라지만 그것을 증명한다고 아무와 결혼할 수는 없으니 답답할 노릇이다.

곧 그 할머니의 점집에 들를 예정이다. 최대한 많은 예언을 듣고, 예언이 모두 틀리기를 기원하며 정반대 방향으로 뛰어갈 준비가 됐다. 사람이 정해진 운명대로 움직이는 존재라면 나는 가장 말 안 듣는 꼭두각시가 될 테다. 손에 묶인 실을 잡아당겨 오른쪽으로 끌어도 꿋꿋하게 왼쪽으로 기우는 인형으로. 어디 누가 이기나 봅시다.

장소는 죄가 없어요

　　재미 삼아 본 타로에서 남쪽으로 가면 귀인을 만난다는 말을 들었다. 우연히 내가 사는 곳은 남쪽에 있는 섬이었으므로 새롭게 만나는 사람마다 이 사람이 내 귀인이려나 궁금해하며 가장 밝은 모습으로 그들을 웃겼다. 덕분에 좋은 사람을 많이 만났는데, 남쪽에 귀인이 존재해서가 아니라 모든 이가 귀인일지 모른다는 상상에 스스로의 태도를 점검해서가 아닐까 싶었다. 좋은 사람을 만나기 위해서는 먼저 좋은 사람이 되어야 한다는 말이 옳았다. 진심을 베풀수록 상대도 마음을 가득 담은 애정을 표했다. 자연스레 점차 발 딛고 서 있는 곳에 소속감이 생겼다. 심지어 어제는 그토록 싫어하던 제주에 조금 더 오래 살 수 있겠다는 이유 모를 마음이 들었다. 엄마와 아빠는 늘 그렇듯 종일 싸우고, 남동생의 사춘기는 갈수록 극심해지지만 원가족에 기분을 모두 맡기지 않겠다는 방관자의 시선으로 그들을 대하니 예전처럼 좌절하는 일은 덜했다.

우리는 장소와 추억을 결합해 기억한다. 나만 해도 그렇다. 불을 무지막지하게 때도 외풍이 일던 옥탑방에서의 기억으로 성북구라는 단어만 들어도 으스스해지고, 인품이 훌륭하지 않은 상사를 만나 잔뜩 데인 회사가 을지로에 위치한 탓에 중구라는 얘기만 들어도 마음이 아린다.

고향도 그랬다. 귀에 실리콘을 욱여넣고 공부만 하던 고등학생 시절의 나는 제주만 탈출하면 무엇이든 다 이뤄지리라 여겼고, 제주의 싫은 점을 손꼽자 언젠가부터 부정적인 면만 눈에 들어왔다. 덕분에 첫 책 《제주 토박이는 제주가 싫습니다》를 쓸 만큼 재료를 얻었지만 현실 세계에서의 나는 초라했다. 어느 곳이든 내 집처럼 여겨지지 않았으므로. 잡지사 인턴 기자로 활동할 때는 서울이 싫어 떠나고 싶다는 20대의 이야기를 담아 주목받았다. 그런데 정작 제주에서는 제주가 싫다고 했으니 나에게는 한국이 맞지 않나 싶었고, 반년 치 월급을 모아 떠난 유럽에서는 온갖 사건으로 호되게 당하며 한국이 그리워 향수병에 시름시름 앓았다. 한국행 비행기를 타며 마음을 붙이고 살 수 있는 지역이 영영 없는 것인가 싶은 마음이 들자 크게 좌절했다. 자발적으로 발붙일 지역이 아무 곳도 없다는 슬픔은 세상에 뚝 떨어진 듯한 느낌을 줬다.

물론 그 이후에도 나와 완벽하게 맞는 지역을 찾지 못한 슬픔은 여전하다. 서울엔 언제 다시 올라올 거냐는 친구들의 물음에 "글쎄, 대구도 살고 부산도 살고 광주도 살아 보려고"라고 답한다.

월세 계약 기간이 끝나면 어디로 이사 가야 할까 고민하던 와중에 비슷한 사람을 만났다. 나처럼 제주에서 태어나 제주에서 학창 시절을 보낸 뒤 잠시 다른 곳으로 갔다가 어른이 되어 제주에서 살기로 결심한 사람이었다. 그 역시 나처럼 강제로 수학여행을 떠나거나 현장 체험 학습을 가지 않고서는 제주의 자연이나 먹거리를 마음껏 누릴 여유가 없었으므로 어른이 되어 다시 오니 전혀 다르게 느껴진다고 했다. 호기심을 참지 못한 내가 먼저 입을 뗐다.

"학창 시절부터 제주를 떠나고 싶으셨다면 저 못지않게

이곳을 싫어하셨을 것 같아요. 어떻게 다시 돌아올 결심을 하셨어요?"

그가 웃으며 답했다.

"사람에게 데인 것뿐이지, 장소는 죄가 없으니까요."

그래, 장소는 죄가 없는 것이었다. 각 지역에서 겪은 상황을 바탕으로 장소를 내 감정에 맞춰 멋대로 해석해서일 뿐. 침대에 벌레가 기어 다니고 유적지에서 소매치기를 된통 당한 로마가 언젠가 내 인생에서 가장 좋은 도시로 탈바꿈할지도 모를 일이다. 다시는 이탈리아에 발끝 하나 대지 않겠다고 장담했지만, 코로나19가 종식되면 가장 먼저 이탈리아로 날아가 보려 한다. 금전적으로든 정신적으로든 더 큰 여유를 챙기고 나서. 동생이 매일을 보내던 학교와 동네에 자발적으로 갈 날도 언젠가 오리라는 상상을 한다.

기억이 과거에 묶이면 현재가 고통스러워진다는 사실을 잘 알면서 싫어하던 장소가 좋아지는 상황에 모순을 느꼈다. 함부로 이곳을 좋아한다고 말해도 되나? 이곳은 나에게 끔찍한 사건을 선사한 곳인데. 태어날 때부터 지금까지 살아온 애월의 집이 그렇다. 나는 이곳에서 많은 물건으로 맞았고 신발을 채 신지 못하고 도망가는 바람에 유리를 밟아 발에서 난 피를 닦으며 울기도 했다. 맞을 때마다 도피하던 숲은 다름 아닌 이 근처다. 어른이 된 나는 이제 새로 산 하얀 운동화를 신고 그곳을 느리게 거닌다.

미워해야 하지 않을까, 이 저수지와 수풀을. 증오해야 하지 않을까, 이 집과 제주를. 그러나 장소는 죄가 없다는 친구의 말을 곱씹으면 다홍빛으로 저무는 노을과 다양한 구름이 뻗어 나가는 새벽녘의 하늘이 보인다. 장소는 잘못한 것이 없으니 더는 장소를 미워하지 말아야겠다. 제주에 살며 제주가 싫다는 책 제목을 언급할 때마다 민망해 웃고 넘겼는데, 더는 싫지 않다고 또박또박 말할 날이 머지않아 올 것만 같다. 이제 나에게는 귀인을 무작정 기다리지 않고 스스로를 귀인으로 만드는 능력이 생겼다.

집과 가까운 집

고향인 제주에 내려왔지만 가족과 따로 살고 있다. 사람들은 왜 집값을 아낄 수 있는 본가까지 내려가서 독립하느냐고 묻는다. "혼자 산 시간이 길어서요"라고 얼버무리지만, 여기서는 밝힐 수 있을 것 같다. 한마디로 채 끝나지 않을 문장을 여러 번 이어 가장 명확한 생각까지 다다를 수 있을 것 같다.

일차원 집단이라 불리는 가족 사이에서 소속감을 느끼며 행복하게 잘 사는 사람이 있는 반면, 가족이라는 구성원이 짐이 되고 내칠 수 없는 존재가 되어 발을 잡는 무게로 느껴지는 사람이 있다. 단언하건대 나는 후자였다. 베풀기를 좋아하는 내가 점점 계산적으로 변한 이유도 가족 때문이었다. 쉴 틈 없는 가스라이팅과 도가 지나친 매로 나를 길들인 가족을 보고 있으면 적은 공을 들여 어떻게 필요한 자원을 얻어 낼지 고민하게 됐다. 가족이 나에게 대가를 주지 않으면 나도 시간과 마음을 아꼈다. 아끼고 아낀 마음은 점점 굳건해져서 내보여야 할 사람을 만나도 보관하기 바빴다.

졸업할 무렵이 되자 동생은 스스로 세상을 등졌고 엄마는 차를 폐차시켜야 할 만큼 커다란 교통사고를 당했다. 막내는 죽음을 고민할 정도로 심각한 우울증을 겪었으며 아빠는 자신이 저지른 가정 폭력을 시인하다 부인하기를 반복했다. 엎친 데 덮친 격으로 나는 대인기피증 진단을 받았다. 보폭을 넓혀 만들었던 세상이라는 집단에 배신당한 기분이었다. 가족에게서 벗어나면 남은 사람들은 지인뿐일 테니 마음을 아끼려는 생각과 싸우며 사람을 사귀었건만, 상대방이 아무런 잘못을 하지 않아도 내가 그들을 무서워했다. 모두가 나를 미워하는 것 같았다. 그런 와중에 나는 삶을 선택했으므로 대인기피증 증상이 유일하게 드러나지 않는 가족에게 시선을 돌렸다.

할 일이 많았다.

일과 공부를 내팽개치고 가족만 돌봤더니 상황은 점점 나아졌다. 그때만 해도 내가 하고 싶은 일을 놓아두고 이들을 보살펴서 다행이라는 생각이 들었다. 하지만 사람은 자신이 받는 사랑에 금세 익숙해지는지 내 애정은 점점 당연한 감정으로 여겨졌다. 그러자 다시 내가 고향으로 돌아오기 전 상황으로 뒷걸음질 쳤다. 동생은 방문을 단단히 걸어 잠그고 나오지 않았다. 엄마는 부푼 짜증과 지나친 자기 연민으로 남은 시간을 흘려보냈다. 문 앞에서 엉덩이를 흔들며 재롱을 떨거나 엄마에게 사랑하는 마음을 담아 쑥스러운 말을 건네도 그때뿐이었다. 그들은 마음의 문을 열지 않았다. 문제를 내 쪽으로 돌렸지만, 문제는 내가 아니었다. 포기했다가 여러 번 시도했다. 그때마다 같은 답이 나왔다. 문제는 내가 아니었다. 반년간 본가에 머물며 노력한 흔적이 흩어지는 것은 순식간이었다.

그러자 가족이 더 미워졌다.

어떻게 내가 건넨 사랑을 받지 않을 수 있냐고, 원하는 일을 포기하고 본가에 살며 당신들에게 다시 애정을 준 것은 내 노력 덕분이 아니었냐고 외치고 싶었다. 하지만 가족 곁에 머물며 회복을 꿈꾼 것은 처음부터 끝까지 내 선택이었으므로 콕 짚어 누구를 탓할 수 없었다. 결국 나는 집에서 버스를 타고 20분은 가야 하는 거리에 월셋집을 구했다. 고향까지 내려왔는데 본가에 살지 않으면 가족에게 신경 쓰지 않는다는 뜻 같아 찜찜했다. 하루가 그랬고 일주일이 그랬다. 일주일이 그랬고 한 달이 그랬다.

딱 한 달까지였다.

한 달간 거리를 두자 서서히 변화가 찾아왔다. 가까운 거리에서도 가족을 온 마음 담아 보살피지 않는 환경에 놓이니 도리어 죄책감이 줄었다. 나의 선의가 가족에게는 부담이 될 수 있다는 생각도 처음으로 했다. 이토록 노력했는데 마음을 열지 않으면 남은 것은 기다림뿐이다. 나를 갉아먹던 커다란 죄책감이 천천히 깎였다. 가까이 살지만 자주 보지 않아도 된다는 안도감이 나를 감싸 안았다.

조금만 더 신경 썼으면 동생을 살릴 수 있지 않았을까 하는 생각을 많이 했다. 너무 오래 골몰해 생각의 초입에 들어가기만 해도 숨이 찼다. 일상을 내팽개치고 그를 보살폈다면 지금쯤 나와 함께 선선한 가을바람을 맞았을 거야. 여느 시월

보다 뜨거운 가을볕에 흘러내리는 땀을 닦기 바빴을 거야. 그러나 이젠 안다. 진심을 다해 동생을 보살폈다는 것을 안다. 여기서 더 했더라면 내가 나를 포기했으리라는 것을 안다. 이런저런 입장으로 나를 대면했을 때도 이 결론이 자기 합리화가 아니라는 것을 안다.

자신을 아프게 하는 가족을 되레 책임감으로 보살피는 사람에게 이 마음을 전하고 싶어 용기를 내 글을 쓴다. 당신이 자책감과 죄책감을 그만 뭉쳤으면 좋겠다. 집에 머물지 않고 집과 가까운 집을 만들었으면 좋겠다. 그렇게 지은 우리 집이 굳건히 버텨 이웃이 되기를 바라고 또 바란다. 이렇게 마음먹으니 타인이 점점 무서워지지 않기 시작했다. 당신은 당신의 집을 지키려 애쓰는 사람이고 나도 그런 사람이기 때문에. 우리는 모두 부족한 것이 많고 아픈 곳이 많은 사람이어서. 당신은 이런 나를 미워하지 않을 테니까.

결코.

심장이 요동치는 대답

아빠가 집을 나갔다. 여느 가족이라면 행방을 찾아 나섰겠지만 우리 가족은 덤덤했다. 20대 때를 제외하고 혼자 비행기를 탄 적 없는 그에게 공항에 도착했다는 문자를 받은 것은 내가 마침 글쓰기 강의에 열중하던 때였기에 별 의문 없이 무슨 일이 있어 떠났구나 추측만 할 뿐이었다. 평소 나는 아빠가 하루빨리 세상에서 사라졌으면 하는 마음을 품고 있었으므로 그가 처음으로 한동안 집을 비운다는 것이 오히려 내가 바라던 바가 아닌가 싶었다. 신기하게 그 생각에 아무런 죄책감이 들지 않았던 것을 보면 그가 얼마나 가족의 신임을 잃었는지 알 수 있었다.

남동생의 입을 통해 아빠가 집을 나간 정황을 들어 보니 엄마와 아빠가 생각보다 크게 다퉜더란다. 누가 어떤 말을 했는지는 밝히기 어렵지만, 뻔히 막내가 방에 있는 것을 알면서 "난 지금도 죽고 싶어"라거나 "둘째 딸을 잡아먹은 건 우리 야!"라는 외침을 간간이 뱉었다고 했다.

이제 막 고등학교 교복을 입은 아이의 입으로 참혹한 상황을 듣자 머리가 지끈거렸다. 도대체 문밖의 저 소녀와 소년은 언제쯤 철이 들지 삭신이 쑤셨다. 그들은 타인의 시선에 지나치리만큼 얽매였고, 앞으로 잘하겠다는 다짐에 맞지 않게 우리를 괴롭혔다. 나는 남동생 입에서 나오는 그들의 발화를 들으며 한 뼘 더 늙었다.

그대로 조용히 나갈 줄 알았지만, 소리치기를 좋아하는 아빠는 역시 나에게 전화를 걸어 집을 나간다고 통보했다. 뒤이어 당신이 없는 동안 건조기의 물을 빼고 빨래를 하고 설거지를 하라고 요구했다. 나는 알겠으니 전화를 끊어도 되냐고 물었다. 수화기 너머에서 자신을 무시한다며 구시렁대는 소리가 들렸지만 어차피 그는 내 앞에 없었으므로 조금 더 당당하게 전화를 끊었다. 근래 남동생과 내가 신나게 놀고 있는 걸 보며 시끄럽다면서 진심을 담아 욕을 해 대던 그의 모습이 떠올라 얼른 시간이 멀리멀리 달아났으면 좋겠다는 생각을 또 했다.

'잘 지내?'

메신저 목록을 보자 단짝에게 연락이 와 있었다. 대인기피증이 심해진 이후로 메시지가 와도 미리 보기로만 슬쩍 읽고는 했는데, 그걸 걱정스러워하던 친구에게서 대뜸 전화가 왔다. 나는 이렇게 답하고 싶었다.

"아니, 엉망이야. 아빠와 엄마는 달라진 게 없어. 오히려 더 심해진 것 같아. 엄마는 세상에 당신만큼 불행한 사람은 없다고 하거든. 아빠는 술을 마시면 사랑한다며 전화를 해. 술에서 깨면 언제 그런 얘기를 했는지 기억도 안 나는 사람처럼 욕을 하고 화를 내지."

하지만 분위기를 와장창 깰 수 없는 노릇이었다. 대신 상담 선생님에게는 솔직하게 마음을 털어놓을 수 있었다. 선생님은 가만히 듣다가 "힘들겠네요"라고 말했다. 어떻게든 잘되리라는 대책 없는 낙관이 아닌 힘듦을 짚어 주는 선생님의 반응을 접하자 내가 지금 처한 상황을 알아차렸다. 너무 힘든 상황에 놓이면 뒤따라오는 무기력이나 불안과 싸우느라 힘

듦을 잊는다. 지금 내가 힘들다는 판단을 유보한다. 최소 일
주일은 힘든 나를 위해 아무 생각 없이 쉬는 데 몰두해야겠다
는 다짐은 복에 겨운 것처럼 느껴진다. 그때 누군가 "너, 많이
힘들겠구나"라고 짚어 주면 안개 낀 꿈에서 헤매다 또렷하게
현실에 발을 딛는 듯한 기분이 든다.

　다음으로 요즘은 어떤 생각을 하냐는 질문을 받았다. 나쁜
생각을 하고 있다고 답했다. 선생님은 놀란 기색을 감추지 않
으며 나쁜 생각이면 도대체 무슨 생각이냐고 타일렀고, 나는
절대 나를 해치지 않을 거라고 답하며 그를 안심시켰다. 그건
사실이었다. 나에게 나쁜 생각은 나를 괴롭히지 않는 쪽의 상
상이었다. 그저 시간이 많이 흘렀으면 좋겠다고 말했다. 가족
이라고는 동생과 나만 남은 날이 오면 좋겠다는 답으로 상담
을 끝냈다. 너무 솔직하게 답한 나머지 심장이 커다랗게 요동
쳤다.

　술의 힘을 빌려서만 사과하는 아빠라는 존재가 일주일만
눈앞에 보이지 않으면 좋으련만 오늘 오후 비행기를 타고 다
시 제주로 내려온다. 나는 아무 일 없다는 듯 그를 밝게 맞고,
우리는 다시 소위 정상 가족의 궤도에 진입하고자 애쓰며 참
외를 깎겠지. 이제 참외씨는 먹으면 안 돼, 먹으면 배가 아플

지 모르니까. 배탈 날지 모른다는 걱정을 접어 둔 채 조금 덜

경계하며 참외를 먹는 날이 왔으면 좋겠다.

나이를 시간으로 계산한다면

한때 나이를 시간으로 계산하는 법이 유행했다. 스무 살은 오전 여섯 시밖에 되지 않았고, 마흔여섯은 오후 두 시가 채 되지 않았으므로 포기하지 말고 더욱 열심히 살라는 말이겠지. 내 나이를 시간으로 환산한다면 오전 여덟 시 전이다. 아침을 먹고 출근해야 할 시간인데, 나는 도시 생활에 지쳐 귀촌할 만큼 스스로를 가득 태워 냈다.

날 때부터 조급한 성질을 물려받아서인지 달리는 와중에 왜 날지 못하냐며 나를 질책했다. 운동을 얼마 하지 않았으면서 왜 살이 빠지지 않느냐 툴툴댔고, 말을 더듬지 않는 연습을 하면서 왜 친구를 만날 때도 식은땀을 흘리냐며 좌절했다.

내가 생각하는 기준에 맞는 삶을 살지 못하면 차라리 인생을 초기화하는 것이 낫지 않겠냐고 스스로를 채찍질했다. 심지어 휴식을 취하기 위해 제주에 왔는데도 열심히 사는 습관을 버리지 못해 과외와 강의를 자원했다.

어제 강의에서는 수강생이 직접 주제를 정하고 그에 맞는 글을 쓰는 시간을 마련했다. 선정한 주제는 '당신은 제주에서 행복한가요?'였고, 행복하지 않다고 쓰려는 마음과 다르게 나는 제주가 마음에 드는 이유를 빠르게 써 내려갔다. "행복한가요?"가 아니라 "불행한가요?"라고 물어도 "네!"를 좋아하는 나는 그렇다고 답했을 것이다. 어쨌거나 좋은 질문 덕분에 행복한 이유를 적을 수 있었고, 이유 중 대다수는 사람에게 치이지 않고 쉴 수 있는 환경이 차지했다. 글을 쓰는 동안 작년 말 서울에서 적은 일기가 자꾸 생각나 집에 오자마자 일기장을 펼쳐 봤다. 그곳에는 닳고 해진 연필로 쓱쓱 힘주어 적은 기록이 남아 있었다.

서울에 있으니 불안 장애가 더욱 심해진다. 지하철을 탈 때나 거리를 걸을 때, 마스크 때문에 불편한 건 둘째 치고 사람들에게 끼어 있는 상황이 무섭고 두렵다.

친구로 외로움을 해소하고 싶지 않다. 예전에는 원룸에 혼자 살아도 친구들을 만나면 괜찮아졌는데, 이제는 코로나 때문에 친구들을 만나지 못하니 더욱 외로워져 통화 기록은 내가 걸다 만 전화투성이다.

사랑에 빠지기 싫다. 이별의 아픔을 더는 겪고 싶지 않다. 아무도 없는 곳에 있으면 아무와도 사랑에 빠지지 않겠지.

　

마지막 이유를 읽고서는 내가 언제 이런 글을 적었담 싶어 킬킬댔다. 아프면 쉬자고 말해 놓고는 치료를 위해 온 본가에서 '사람인'과 '워크넷'을 반복적으로 누르는 현실의 나에게 미안해졌다. 과거의 나는 미래의 날 위해 푹 쉬라고 제주로 보낸 것일 텐데, 여기서까지 나이에 맞춰서 해야 할 지침을 곱씹으며 지금은 쉬지 말아야 할 때라고 소리쳤다. 다른 애들은 지금 승진하고, 내로라하는 기업에 들어가고, 전문직 취업을 준비하고 있는데, 넌 아직 토익 공부나 하고 있어? 넷플릭스 시청이 토익 공부라고?

꿈이 하나 있다면 책을 내는 것이었는데, 이미 그것을 이뤘으면서 기억을 초기화하는 습관은 끝내 버리지 못했다. 생각보다 책이 잘 팔리지 않으니 다음 책을 내서 나를 알려야 한다며 끙끙댔다. 숨 가쁜 도시 생활에서 벗어났으나 오히려 복용하는 약물 수는 늘어 갔다. 어느새 한 알이 아닌 한 움큼의 약을 먹고 하루를 시작해야 했다.

일하는 엄마 아빠 사이에서 한창 돈을 벌어야 할 나이에 놀고 있냐는 무시를 받을까 늘 새벽 다섯 시에 일어나 보란 듯 하루를 시작했다. 하지만 나이와 관계없이 치료를 목적으로 지내야 하는 상황임을 깨달은 나는 오늘 아침밥을 먹고 여덟 시에 낮잠을 잤다. 우연히 인생을 시간으로 계산한 내 나이와 비슷한 시간대였다. 7시 50분, 이불을 덮으며 생각했다. 푹 자야겠다고. 꿈도 꾸지 않고 푹 자는 것이 오늘의 가장 중요한 일이라고 말이다. 어떤 시간에 살고 있는지, 어떤 시간이 나에게 가장 잘 맞는지 모두 다른 것처럼 낮잠이 필요한 시간도 저마다 다르니까. 누군가 출근하기 위해 문을 나서는 시간에, 나는 그저 눈을 감고 이불로 들어갈 예정이다.

조증 환자의 직장 생활

조증이라 하면 언제나 들떠 있을 것 같지만 실은 다양한 방면으로 증상이 나타난다. 하지 않으려던 말이 머리를 거치지 않고 끊임없이 나오고, 잠을 아무리 적게 자도 피곤하지 않다. 자신감이 솟아서 뭐든지 다 해낼 수 있을 것만 같고, 많은 생각이 너무 빠르게 흘러가서 가만히 있어도 어지럽다. 그중 나에게 가장 큰 영향을 미치는 증상은 (조증을 앓는 모두가 그렇지는 않겠지만) 주의가 산만해져 하나의 일을 여유롭고 진득하게 하기 어렵다는 것과 직장에서 받은 평가를 그대로 나에게 투영해 비판을 받으면 내 모든 능력을 폄훼한다는 것이다.

그만둔 직장에서 스카우트 제의가 왔다. 덥석 승낙해 일을 시작한 지 일주일이 흘렀다. 오랜만에 맡은 일을 제대로 수행하지 못했다는 생각에 나를 자책했고, 새로 입사한 사람들과 친해지느라 진이 빠졌다. 그 와중에 강의를 준비하고 엄마와 아빠의 응석을 받아 주느라 정신을 놓을 뻔했다. 순식간에 한 달이 흐른 듯한 기분이었다.

출근하는 동안 여러 생각을 했는데, 그중 세 가지를 꼽자면 세월과 글과 돈이다. 무명작가임에도 첫 책은 많은 사랑을 받아 천 권이나 팔렸는데, 영수증에는 선인세 백만 원에 못 미치는 마이너스가 찍혀 있었다. 문예창작과에 다니면서도 인세에 관한 공부는 접어 둔 어느 사회 초년생은 그 금액을 보고 화들짝 놀라 빠르게 인터넷 창을 껐다. 일확천금을 벌겠다고 글을 쓴 것은 절대 아니었지만 몇 년간 써 둔 글을 두 달 내내 묶은 수고비치고는 너무 적은 금액이었다. 시에서 받는 다섯 회차의 에세이 강의료와 엇비슷하니 다시 한번 말과 글의 벌이에 대해 곱씹어 보는 계기가 됐다.

글로 성공하리라는 확신이 차차 흩어지자 내 모든 에너지는 직장으로 향했다. 스카우트 제의를 했다는 것은 내가 필요하다는 말이고, 마침 나는 세상에서 내 존재가 얼마나 작고 귀여운가 진지하게 고민하던 중이어서 튕기지 않고 빠르게 승낙했다. 이후 밤을 새우며 일에 몰두했다. 잠을 자지 않아도 피곤을 잘 느끼지 않는 증상이 경조증임을 뒤늦게 알았다. 많은 직장인들이 아침마다 감기는 눈꺼풀을 못 이겨 지각할까 전전긍긍인데, 나는 두 시간이나 일찍 나왔으니 그저 신기할 뿐이었다. 처음에는 남은 시간 동안 글을 쓰려 했지만 직장에서 성과를 내야 세상에서 성과를 낼 수 있을 것 같은 압박감에 마케팅을 공부했다. 오랜만에 마케팅을 하려니 머리가 핑핑 돌았다. 쉬려고 인터넷 서핑을 하다 클릭한 기사에서 평범한 마케터는 기계에 밀려 사라질 수 있다는 글을 읽었다. 열렬히 잠재웠던 불안이 다시 수면 위로 올라왔다. 우선 오늘만 버텨 보자는 마음으로 잡념을 밀어냈다. 괜한 걱정이 늘어나면 그럴듯한 해결책보다 흰머리가 더 많이 나온다.

요즘 나는 생각이 너무 많아 자주 말을 더듬거린다. 공적인 말과 사적인 말을 구분하지 못해 속으로 몇 번 되뇐 뒤에야 입을 뗀다. 직장뿐만 아니라 강의에서도 약점으로 비칠 수 있으니 어린아이가 말을 배우듯 차근차근 말을 연습한다. 그러고 보면 모든 일이 그런 것 같다. 마케팅뿐만 아니라 글도,

말도, 예의와 겸손도 꾸준히 노력해야 몸에 배는 것이 아닐까. 그래서 이 글을 썼다. 언뜻 보면 멋지게 쓰는 듯하지만 사실 써 두고 내가 무슨 말을 썼나 잊어버리는 모습을 담고 싶었다. 제목에는 직장이라 써 놓고 정작 직장 얘기는 얼마 하지도 않았다. 그저 생존 신고를 하고 싶었다. 얼마나 다닐지 모르겠지만 현재는 직장에 다니고 있고요. 또렷한 정신으로 글을 쓰기 위해 약도 꼬박꼬박 먹고 있어요. 좋아하는 사람들과 독자분들에게 용기 내 애정을 표하려 명상으로 저를 다독이고 있답니다.

*

퇴근하는데 등기가 도착했다는 문자가 왔다. 발신 주소를 보니 서울이었다. 뭘 시키지도 않았고 등기를 보낸다는 연락도 없었는데 뭘까 싶었다. 집에 도착해 거머쥔 봉투 겉면에는 자살예방센터 담당자의 이름이 쓰여 있었다. 자살 유족 치료비 지원 사업에 참여한 사람들은 반드시 설문에 답해야 한다고 했다. 요즘 잠은 잘 자는지, 밥은 잘 먹는지, 잘못된 생각은 들지 않는지 질문이 빽빽하게 쓰여 있었다. 친구와 대화하는 상황이 아니므로 솔직하게 동그라미를 쳤다. 이대로 답하면 담당자가 파견 나와 내 심리 상태를 점검할 것 같았지만, 치료비로 백만 원을 주는데 거짓말은 하고 싶지 않았다. 본가에서의 생활은 아늑하며 조급하고 고요하며 소란스럽습니다. 그저께의 저와 어제의 저와 오늘의 저는 각기 다릅니다. 그 다른 면이 점점 비대해져서 가끔은 걱정되고 때로는 설렙니다.

책을 쓰며 이름과 얼굴을 모두 밝힌 덕에 다른 이에게 여기 당신과 같은 사람이 있노라 힘을 줄 때도 있지만, 직장 동료도 가족도 내가 글을 쓰는 것을 알기에 혼자 주눅 들 때가 많다. 마치 본업은 배우인데 코믹한 예능으로 인기몰이를 해 진지한 연기를 했을 때 사람들이 오글거린다며 웃음보를 터뜨리는 배우가 된 듯한 느낌이랄까. 나에게는 밝은 면도 유쾌한 면도 있는데, 왠지 글을 쓸 때만은 치료비를 지원받고 설문 조사를 하는 것처럼 가감 없이 아픈 면을 쉽게 보여 준다. 그래서인지 사회생활을 할 때 만나는 사람들 앞에서는 일부러 더 밝은 면을 보인다. 나를 무작정 어두운 사람으로만 납작하게 해석할까 봐.

삶을 사는 모든 이들이 존경스럽다. 다들 아픈 면과 아프지 않은 면을 어떻게 적절히 섞을까. 나는 밝아야 할 때 어둡고 진지해야 할 때 웃음을 보이고 만다.

글만 보면 책도 많이 읽고 다채롭게 궁리하는 멋진 사람처럼 보이지만, 나는 말을 할 때 더듬거리고 돈이 없어 사고 싶은 책도 몇 번이나 들었다 놓는 평범한 사람이다. 비평을 비난으로 오해해 스스로를 갉아먹는 평범한 20대다. 이런 사람이 여기 살고 있다. 당신은 잘 살고 있을까. 잘 사는 게 어떤 것인지는 모르겠지만 덜 아프게 살면 좋겠다.

인생에서 길을 잃었을 때

이맘때면 연락이 와야 했다. '언니, 나 물어볼 거 있
어' '언니, 봉사 활동 자기소개서 쓰려고 하는데 도와주면 안
될까?' 그러면 나는 '지금 바빠, 나중에'라는 답장을 남겨 두
고 과제로 눈을 돌렸을 텐데, 올여름은 아무리 기다려도 연락
이 오지 않았다. 그제야 실감이 났다. 걔는 세상을 떠났구나.
방학을 맞아 대외 활동을 하겠다는 동생의 결심을, 애인과 헤
어졌다며 이제 제대로 살아 보겠다는 동생의 다짐을 더는 만
날 수 없었다.

흔히 슬픔은 인연을 떠나보낸 시점으로부터 시간이 흐를
수록 흩어진다고들 한다. 그러니 나도 시간의 힘을 믿고 꼬박

반년을 바쁘게 지냈다. 문득문득 가슴이 조여 오더라도 언젠가 저세상에서 만나게 될 테니 굳이 신경 쓰지 말자는 일념으로 하루에 네 시간만 자고 나머지는 일을 했다. 이대로 쭉 지내다간 번아웃이 오리라는 사실을 과거 경험을 통해 알고 있었지만 멈출 수 없었다. 조그만 일이라도 온 힘을 다해 몰입하지 않으면 나는 또 사후 세계를 기웃대고 고차원에서 동생을 만나겠다며 유체 이탈하는 법을 찾을지 모른다.

신기하지, 사별의 경우 헤어진 시간이 길어진다고 기억이 지워지는 속도가 빨라지지 않았다. 친구와 갈라설 때는 불쑥 떠오르는 기억에 아프지 않았는데 왜 이토록 아파야 하나. 이유를 고민했더니 곧 답이 나왔다. 서로에게 하나씩 안겨 있던 추억이 일방적으로 한 명에게 옮겨 가서가 아니려나. "그때 우리 그랬잖아"라는 말을 함께할 사람이 더는 없어서.

세상을 직접 끊어 낸 사람을 가장 가까이서 바라봤으니 세상 모든 일이 부질없었다. 심지어 밥을 먹는 일조차 무의미했다. 친구와 연락하며 사소한 농담에 웃음을 터뜨리는 일도 잠깐일 뿐 다시 무료해졌고 재밌다는 영상을 봐도 짜증만 났다. 기껏 직장에 와 놓고 까르르 웃으며 쓸데없는 얘기만 하는 상사들이 한심했다. 무언가를 열심히 만들고 목표를 향해 달리는 사람들이 부럽다기보다 신기했다.

인생의 결론을 죽음이나 소멸로 해석하니 현실 세계의 모든 가치가 발아래로 향했다. 손을 잡고 거니는 사람들도 삶에서 주어진 시간이 다하면 각자 추운 곳에 누워 다닥다닥 붙은 납골당으로 들어가야 하지 않나, 하는 불만까지 생기자 더는 내 힘으로 나를 구할 수 없다는 확신이 들었다. 그건 전공을 고르거나 직무를 택할 때와는 결이 다른 혼란이었다. 완벽히 길을 잃은 기분이라 해야 하나. 아무리 재밌다는 것을 직접 해도 무덤덤했고, 아무리 맛있다는 것을 먹어도 맛이 느껴지지 않았다. 너무 많이 자서 도무지 잠이 오지 않을 때는 고독사를 검색했다. 방구석에 자기소개서를 쌓아 둔 채 눈을 감은 취업 준비생과 온 방을 돌아다니며 세상을 끝내고자 시도한 사람의 흔적을 보며 인생의 덧없음을 느꼈다.

"그래도 글로 마음을 풀어낼 수 있다는 건 무기력에서 빠져나오셨다는 걸까요?"라는 질문을 받을 수 있겠지만, 아직 그 굴레에서 완전히 도망치지 못했다. 앞으로 어떻게 살아야 할지도 당최 감이 잡히지 않고, 기껏 목표를 잡았다 해도 얼마나 갈지 모르겠다. 모르는 순간에는 억지로 답을 찾겠다며 자신을 괴롭히기보다 허심탄회하게 모르겠다고 소리를 지르는 쪽이 홀가분하다. 몰라, 몰라, 모르겠다고.

한 가지 깨달은 사실은 나를 지키기 위해서는 못난 사람의 눈치를 보며 본인을 갉아먹지 않는 것이 무엇보다 중요하다는 것. 나를 괴롭히던 직장에 사직서를 쓰고 나왔다. 정신이 몽롱한 와중에 가끔 이성을 찾을 때면, 일상을 깨뜨린 주범을 꼬집기보다 깨진 일상 위에서 발이 다치지 않게끔 걸을 수 있는 공간을 만드는 작업을 고민한다.

어른의 쓸모

퇴사하려는데 어떨까 조언을 구하면 친구든 선생님이든 입을 모아 직장은 함부로 그만두는 것이 아니라고 했다. 특히 지인과 사별했다면 극심한 죄책감과 애통이 찾아오므로 정신을 몰두할 곳이 한 군데라도 있어야 간신히 자신을 붙잡고 산다는 이유였다. 사별 커뮤니티에 같은 질문을 올렸는데, 비슷한 대답이 나왔다. '너무 슬퍼서 사람들 말 깡그리 무시하고 딱 1년만 쉬어야겠다고 생각했는데, 벌써 5년이나 넘게 쉬고 있어요. 이제는 일하고 싶어도 공백 기간이 길어서 일을 못해요'라는 답글을 읽자 마음이 동해 이를 악물며 출근했다. 퇴근해서는 울었다. 출근해서는 웃었다. 퇴근해서는 화를 냈다. 출근해서는 다정한 말을 베풀었다. 어느 쪽이 진짜 내 모습인지 분간하기 어려웠다. 나라는 존재가 희미해졌다.

주변의 만류에도 사직서를 쓴 날은 여느 때보다 햇볕이 뜨거웠다. 일을 그만뒀다고 전화를 걸 대상이 없어서 적적했지만 일을 그만뒀다는 사실만으로 지금부터 충분히 애도할 수 있으리라는 이유 모를 확신이 들었다. 상담 선생님은 이 시기에 직장을 그만두면 집에서 나오지 않아 오랜 기간 타인에게 손을 뻗지 않고 우울에서 헤어 나오지 못하는 은둔자가 될지도 모른다는 조언을 건넸다. 막상 경험해 보니 어둠을 충분히 만끽하며 안도하는 내가 있었다. 그 기간 나는 한 명뿐인 언니로서 동생을 영영 볼 수 없다는 현실을 진정으로 맞닥뜨렸다. 동생에 대한 기억을 곱씹을수록 육체는 사라졌을지라도 기억 안에서만큼은 생생히 살아 있음을 알아차렸다. 사람들이 당신의 경험을 앞세워 그러지 말라고 해도 내 마음이 가는 대로 결정하면 행복하다는 사실을 익혔다.

영원한 작별이라는 슬픔을 단 며칠 만에 흘려보내고 직장에 바로 복귀할 수 없었다. 적어도 나에게는 거래처와 연락하는 시간보다 동생을 충분히 애도하는 기간이 필요했다.

직장인으로서 나는 상처를 부정하고 동생을 기억에서 완

전히 지우기 위해 애썼다. 그래야만 무리 없이 업무를 마무리할 수 있어서였다. 동생이 떠난 이별의 순간 단 하나만으로 그의 삶을 판단했고, 멋대로 이해한 뒤 원래 떠날 사람이었다고 합리화했다. 일을 그만둔 뒤 비로소 집에 홀로 있고 나서부터는 천천히 동생의 인생을 짚어 봤다. 사별 당시 일기에 끄적인 몇 줄의 감정 섞인 문장으로 동생의 삶 전부를 해석하지 않았다. 일할 당시에는 그럴 여유가 없었다. 고통을 억지로 숨기기 위해 엄마가 그랬던 것처럼 동생은 원래 떠날 사람이었다고 위안했다. 그러지 말아야 한다는 것을 알면서. 애초에 떠나야 할 사람은 없다는 것을 잘 알면서.

부끄럽지만 합리화하는 과정에서 그런 생각을 했다. 동생이 생존자로서 오래 살기로 결심했다 하더라도, 나처럼 아픔을 안고 삶이라는 방향으로 걸어가기로 했다 하더라도, 그가 살아온 상황을 비춰 보건대 이상향에 닿지 못했으리라고. 동생은 독일에서 살고 싶어 했지만 독일어로는 자기소개나 겨우 했고 책상에 엉덩이를 붙일 끈기가 없었다. 삼수까지 해 놓고 평범한 대학교에 진학했고 제 안의 분노를 조절하시 못해 아르바이트하는 족족 손님들과 싸워 잘리기 일쑤였다. 상담사와도 싸운 탓에 병원에서 동생의 치료를 거절했다. 친구들에게는 친절히 대하면서 정작 가족에게는 자주 협박을 해서 심지어 언니인 내가 동생의 마지막을 몇십 번이나 상상하게끔 했다. 자신이 가장 성공할 것이라고 떵떵거렸지만 현실의 동생은 가족에게 가장 아픈 손가락이었다. 자기소개서마저 한 줄 겨우 쓰고 서류를 준비하지 못해 면접에서 번번이 떨어지던 동생을 내가 할머니가 될 때까지 보살필 수는 없다. 원하는 삶을 거머쥘 수 없어 아프기만 한 인생이라면 차라리 떠나는 것이 낫지 않나. 그런 못된 마음을 먹을 때였는데, 그 생각이 처참히 무너진 계기는 다름 아닌 친구의 반응이었다. 모든 일에 지친 나는 친구에게 솔직한 마음을 터놓았다.

"나, 이제 일이든 연애든 다 포기하려고. 조용하게 살다 갈래. 쓸모없게."

내 말을 가만히 듣던 친구는 두 눈을 동그랗게 뜨며 진심으로 궁금해했다.

"아무것도 안 하는 게 쓸모없다고 생각해?"

"아니야?"

"어, 아닌데?"

순간 머리가 뿌예지는 나에게 친구는 "야, 쓸모가 뭔데. 왜 그렇게 생각해"라고 덧붙여 물었고, 내 입은 천천히 무거워져서 이윽고 아무 말도 할 수 없었다.

　사회에서 요구하는 1인분의 삶을 살아야만 가치가 있다고 굳게 믿으며 살았다. 꼭 좋은 대학에 갈 필요는 없더라도 사람이라면 적성 하나는 꼭 찾아야 하는 것 아니냐고, 좋아하는 게 없는 사람은 어떻게든 좋아하는 걸 찾아야 의미가 있는 것이라고 세상을 다 꿰뚫은 듯 떠벌리고 다녔다. 서른이 되기 전 어느 것 하나 이루지 못하면 미련 없이 떠나야겠다는 얘기를 고등학생 때부터 했다. 몇십 년이나 살았는데 좋아하는 게 뭔지 모르고 잘하는 게 없는 사람은 멋지지 않으니까. 그런 말을 자랑이라고 하고 다니며 사람들에게 상처를 줬을 내가 이루 다 표현할 수 없을 정도로 부끄러웠다.

　물고기를 잡아 먹여 주기를 바라는 것보다 잡는 법을 배워야 한다며 동생을 재촉하던 내 모습이 생생했다. 네 미래를 생각해. 넌 뭐가 될래. 앞으로 어떻게 먹고살 건데. 엄마 아빠에게 용돈만 받으며 지낼 수 없잖아. 넌 어른이야. 이제 넌 어른이라고. 대책을 세워야지.

　직장을 그만둔 뒤의 나는 과거 내가 말하던 쓸모없는 어른의 모양을 하고 있었다. 엄마에게 용돈을 받아 자취방 월세를 겨우 냈고, 직장 상사와 대판 싸워 퇴사했으며, 동화를 쓴다고 떵떵거리면서 정작 동화책 한 권 내지 못했다. 몇 가지 병을 앓아 이불 밖으로 나오지 못했으며 대인기피증으로 친한 친구들과 통화할 때마저 덜덜 떨었다. '쓸모없는 사람이야. 나는 1인분을 다하지 못하는, 아무도 기억하지 못할 어른이야'라고 자책하는 순간이면 친구의 말이 떠올랐다.

"쓸모없는 사람은 없어. 왜 그렇게 생각해?"

그러면 죄책감이 느리게 덜어졌다. 지금은 쉬는 거고, 나중에는 내 몫을 할 거라며 일시적으로 죄책감을 더는 것이 아니었다. "나는 쓸모없지 않아. 아무것도 하지 않고 아무것도 하지 못해도 쓸모없지 않아"라고 읊조렸다. 동화 작가가 꿈이라면서 영영 동화를 내지 못하더라도 나는 쓸모없지 않아. 왜냐하면 쓸모없는 사람은 없기 때문이었다. 동생에게는 마음으로 긴 편지를 보냈으니 이제는 살아 있는 사람들에게 편지를 보내야 했다. 처음 보는 사이에 무례한 질문이라는 것을 알지만 당당하게 물어야 했다. 이 질문은 호기심 어린 눈빛으로 당당하게 물어야만 효과가 더욱 커지기 때문에.

사람이라면 1인분의 그릇을 채워야 한다고 여기시나요. 혹시 쓸모 있는 사람만 살아야 한다고 생각하시나요. 그런데 어른의 쓸모는 누가 결정하나요.

제주 한복판에서 들리는
기차 소리

심리 부검이 다가온다.

심리 부검은 자살자가 생전에 어떤 일을 했는지, 어떤 글과 말을 남겼는지 조사해 비슷한 일이 다시는 일어나지 않도록 예방책을 마련하기 위해 진행하는 인터뷰다. '예방책이 제대로 마련됐다면, 아니, 애초에 사회적 기반이 튼튼히 마련됐다면 이토록 많은 사람이 세상을 떠나지는 않을 텐데' 하고 생각하다 그만뒀다. 기력이 없을 때는 비판적인 생각을 최대한 멀리하는 것이 목표다.

한 차례 심리 부검을 마친 유족의 이야기를 들어 보니 만족스럽다는 사람이 없었다. 심지어 심리 상담 선생님까지 꼭 심리 부검을 받아야겠냐는 질문을 했으니 얼마나 사무적이고 이성적인 얘기가 오갈지 가늠됐다. 딱딱한 질문과 함께 쏟아지는 잔혹한 기억에 숨이 막혀 부검 중에 자리를 박차고 나왔다는 사람도 있었다. 나는 왠지 잘해 낼 수 있을 것 같았다. 심리 부검에서 들을 얘기보다 잔혹한 얘기를 이미 많이 들었기 때문이다.

떠나고 남겨진 동생의 방을 직접 치웠다. 이사하고 한 번도 가지 않은 집이라 더욱 가야 할 것 같았다. 치워져 가는 유품과 함께 내 목숨이 서서히 깎이는 듯한 기분이 들었다. 꾸준히 먹기로 약속한 약봉지들이 시간을 기다리지 못하고 쌓여 있었다. 경찰은 그 약을 비닐봉지에 담았다. 그냥 맨손으로 잡고 싶은데, 고작 3일 차이로 약은 함부로 건드릴 수 없는 증거물이 됐다. 진단서가 따로 없어 약에 쓰인 작은 영어와 숫자를 더듬거리며 검색했다. 망상과 환청을 없애는 데 도움을 주는 조현병 약이라고 했다. 약을 꼬박꼬박 먹었지만 동생의 환각과 망상이 나아지지 않았음이 기억났다. 동생은 자신의 수호신과 사랑에 빠졌다고 했다. 장난이라 생각해 무덤덤하게 넘겼는데, 그때 증상이 심각해졌음을 진지하게 지각했어야 했다.

언제부턴가 살인마라는 말에 '조현병'이라는 수식어가 달린다. 범죄를 저질렀는데 심신미약이 인정되면 처벌받지 않거나 면죄될 가능성이 높아서다. 개중에는 환청과 환각에 시달리는 진짜 조현병도 있겠지만, 조현병이 아니어도 조현병이라고 주장하는 몇몇 이들 때문에 진짜 조현병에 걸린 사람이 자신의 병명을 밝히기는 쉽지 않다. 마음의 감기라는 우울증도 밝히기를 주저하는데, 조현병을 앓고 있다 직접 말하는 것은 사회와의 단절을 고하는 행위나 다름없다. 듣는 이로 하여금 나를 해치면 어떡하냐는 걱정에 휩쓸리게 할 수밖에 없어서다. 사람을 해한 환자들이 떠올라서다. 하지만 강력 범죄에서 정신 장애 환자의 범죄 비율은 3퍼센트가 되지 않는다고 한다(2017년 기준). 타인을 해하는 비중보다 자신을 해하는 비중이 훨씬 높은 것이다.

"치료 시기를 놓쳤다면 조현증으로 갈 뻔했는데, 아직은 아니에요."

30만 원이라는 거금을 내고 받은 심리 검사에서 선생님에게 이런 해석을 들었다. "우유가 다 떨어져서, 혹시 아메리카노 괜찮으세요?" 하는 덤덤한 말투였는데, 그래서 덩달아 듣는 사람도 아무렇지 않아지는 멋진 화법이었다. 아, 내가 조현증을 겪을 수 있겠구나! 다른 세상 애기라 여겼던 조현증이 실은 내 세상일 수 있겠구나.

《삐삐언니는 조울의 사막을 건넜어》(한겨레출판, 2020)의 이주현 작가는 뇌의 기분 조절 기능에 문제가 생겼다가 트라우마나 스트레스로 방아쇠가 당겨지는 것이 조울병이라고 했다. 조울증으로 판단받기 전에는 우울증을 앓았다면서. 우울하지 않은 현대인은 없다는 말처럼 지금을 사는 많은 이들이 우울증을 앓는다. 어쩌면 우울증인 줄 알았던 증상이 훗날 조울증으로 밝혀질 수 있으니 자신의 상황을 면밀하게 파악하는 것이 중요하다.

시간 맞춰 챙겨 먹는 것이 귀찮아서, 미친 사람이라는 걸 증명하는 것 같아서 상의 없이 멋대로 약 복용을 중단하고 난 후의 일이다. 회사에서 회의하는 중에 갑자기 소리가 들리지 않았다. 한순간 세상이 음소거 상태가 되고 맞은편에 앉은 동료의 입이 소리 없이 뻐끔뻐끔 움직였다. 당황해 옆을 둘러보자 다른 동료는 턱을 괴고 말하는 사람과 눈을 맞추며 고개를 끄덕였다. 현실을 부정한 나는 눈을 꽉 감았다. 왼쪽 귀에서 연기를 내뿜으며 달릴 준비를 하는 기차 소리가 났다. "요아 씨, 괜찮으세요?" 눈을 뜨자 다들 걱정스러운 얼굴로 나를 바라보고 있었다. "네, 그런데… 혹시 근처에 기차가 있나요?" 어느 소설의 대사 같았다.

기존 병도 모자라 조울증까지 얻자 방아쇠로 짚이는 사람을 다시 미워했다. 그러나 과거는 미워하고 탓해도 달라지지 않는다. 가해자에게 억지로 사과받는대도 찜찜하다. 사과하라 소리친 뒤 받는 사과는 안 받느니만 못하다.

어둑한 사연을 제치고 지금을 바라봤을 때 나는 어쨌거나 조울증이라는 병이 있고, 정규직이 싫어 계약직을 자원했고, 사람들을 괴롭히기 싫어 제주로 피했다. 이사를 하거나 시간 여행을 하지 않는 한 선택의 결과는 여전하다.

언젠가부터 체념이라는 말이 포기와 일맥상통하는 듯해 쓰지 않았지만, 약간의 체념은 일상을 더 자유롭게 만들었다. 라테가 다 떨어졌을 때 '왜 라테가 없어? 아니, 내가 지금 나한테 행복을 주려고 하는데 세상이 왜 날 막아?'가 아니라, '그러면 아메리카노를 마셔야겠다'로 말이다. 조금 더 건강해지면 '아메리카노랑 고민했는데, 선택이 하나뿐이라니 깔끔하군!'으로 넘어가고.

제주에 왔네, 첫 책이 중쇄를 못 찍었네, 기차 소리가 들리네, 조울증이라네, 단짝과 연을 끊었네. 그러면 그냥 거기서 마침표다. 친구와의 사이를 회복하기 위해 고민하고, 병세가 악화하지 않도록 제때 알맞은 약을 먹어야겠지만 적어도 이 상황에 다른 이야기와 생각을 더하지 않도록. 좋아하는 상황을 만나면 좋은 것이고, 싫은 상황을 만나면 어쩔 수 없는 것이고. 딱 그 정도의 적당함을 지니는 연습으로 자기 연민에 빠지지 않을 수 있다.

나는 내 편이고 당신은 당신 편이며 나는 그런 당신을 애정한다. 각자의 든든한 편이 된 우리의 힘을 존경한다.

일상 사별자의 품

상담을 시작한 초창기부터 선생님은 언젠가 나와 처지가 비슷한 어떤 선생님을 소개해 주겠다고 했다. 아들을 잃은 후 상담학을 공부하며 같은 상황에 처한 유족을 어루만지는 분이었다. 다가오는 일요일은 각자의 사연과 감정을 나누는 유족 자조 모임에 참여할 용의가 있었기에 흔쾌히 고개를 끄덕였다. 소설의 한 장면처럼 그날은 아침부터 비가 왔다. 센터에 도착하니 우산을 쓰고 허공을 응시하는 한 사람이 보였다. 저분이 오늘 소개받기로 한 분인가 짐작했는데, 맞았다. 우리는 어색한 인사를 나누며 건물로 들어섰다.

그는 내가 자리에 앉자마자 자신이 10년간 겪은 일을 세세히 터놓았다. 알고 보니 그의 아들에게는 신문에 나올 정도의 충격적인 사건으로 세상을 등질 만큼 슬픈 이유가 있었고, 내 동생처럼 가족을 진절머리 나게 괴롭히지 않는 선한 사람이었다. 살아 있다면 나와 동갑이었을 그의 아들과 비교하면 내 동생은 떠난 시점으로 비교했을 때 그보다 나이도 많고 대학도 두 번이나 다녔고 만족스러운 연애도 끝낸 이였다. 타인의 아픔을 발판 삼아 내 아픔을 위로하려 만난 것은 아니었지만, 그의 사연을 들을수록 점점 슬퍼할 자격을 빼앗긴 것 같은 기분이 들었다. 틈만 나면 짜증을 내고 돌아서면 차단하던 동생과 만난 적 없는 그의 아들이 자꾸만 비교됐다. 할 수 있는 것은 "열여덟이면 정말 어리네요. 제 동생은 스물셋이어도 어리다는 소리를 들었는데…"라는 말뿐이었다. 조금이나마 위로받을 수 있지 않을까 싶었지만 정작 내가 위로하는 모양새였다.

동생을 잃은 지 얼마 지나지 않았을 때의 일이다. 코로나19로 사람을 만나지 못하는 청춘들의 고민을 듣겠다는 취지의 일회성 온라인 모임이 열렸다. 전문 상담사가 진행한다는 소식에 기꺼이 참여한 나는 기대에 부푼 마음으로 노트북 카메라를 켰다. 익명으로 사연을 밝히고 위로와 응원을 나누는 자리에 나는 내 동생의 사연을 가져갔는데, 누군가 무거운 표정으로 이야기를 듣더니 카메라에 얼굴을 들이민 채 "그런데 조금 너무하신 거 아닌가요? 자리와 어울리지 않는 사연을 들고 오셔서요. 이런 건 전문 상담사에게 말해야 할 정도잖아요"라고 외쳤다. 촘촘한 그리드 속 얼굴들이 고개를 끄덕였고, 나는 어쩔 줄 몰라 하는 표정으로 바닥만 응시하며 얼른 시간이 지나기를 기도했다. 선생님은 상담이 끝난 뒤 나에게 무례한 사람이 많아 미안하다고 말하며 눈물을 흘렸다. 터놓기 어려운 고민을 나누자고 결심해 모인 자리에서도 홀대받는데, 앞으로 얼마나 무례한 말을 들을지 걱정된다면서 슬퍼하며 건넨 위로가 마음에 남아 나에게 모진 말을 내뱉은 사람들을 용서했다. 그러나 그 일이 있은 후에는 동생이 떠났다는 이야기를 사람들에게 쉬이 말할 수 없었다. 동감이라는 듯 빠르게 고개를 끄덕이던 얼굴의 잔상은 잊으려 해도 잊히지 않았다.

이후 글이 아니면 입을 다무는 나에게 유족 선생님과의 만남은 주체할 수 없을 정도로 설레는 시간이었으나 막상 만나보니 위로가 되지 않았다. 그는 "요아와는 상황이 다르지만,

나는 조울증을 앓고 있어서…"라는 말을 했고, 그 순간 마음에 균열이 갔다. 자꾸 앞말이 어른거렸다. 나는 너와 다르다는 말투에서 기시감을 느꼈다.

"저도 조울증을 앓고 있어요."

참던 말이 입 밖으로 새어 나왔다. 그는 당황스러운 표정을 했나, 반갑다는 뜻의 밝은 표정을 했나.

너는 내 아픔을 알지 못해서, 너는 내 상황을 몰라서, 너는 내 입장이 되어 보지 않아서 그래. 나는 한때 그 말을 하루에도 몇 번이고 마음으로 중얼거리는 사람이었고, 그 이유로 손을 뻗던 지인을 내팽개친 적이 한두 번이 아니었다. 드문드문 열리는 강의에서는 자기 연민을 걷어 내는 사람이 되자고 말했으나 자살 유족이 된 이후부터 인내심이 끊어졌다. 살며 한 번 겪을까 말까 한 폭력을 여러 차례 겪은 것도 모자라 동생까지 삶을 등졌으니 세상에서 내가 제일 불쌍한 사람처럼 느껴졌다. 그런데 이번 기회에 자기 연민을 단단히 두른 사람을 만나니 어쩌면 이 모습이 내 미래가 될 수 있겠다는 생각이 들었다. 상대 얘기를 듣기보다 내 아픈 얘기를 더 늘어놓는 사람. '우리'라는 이름 아래 이 아픔을 겪지 않은 사람은 평생 나를 이해할 수 없다는 굳은 믿음.

만남이 끝나고 집으로 가는 길, 예정돼 있던 자조 모임을 취소했다. 더는 울 힘이 남아 있지 않았다. 자살이라는 충격적인 사건을 겪은 유족이 아닌, 사람이라면 응당 겪을 수밖에 없는, 주변인을 떠나보낸 일상 사별자로 남기를 원하는 마음이 컸다. 시간이 흐르면 아무리 건장한 사람도 흙으로 돌아가는 법이다. 그리고 사람이라면 당연히 주변에 흙으로 돌아간 이가 한 명 이상은 있기 마련이다. 증조할머니, 할아버지, 아빠, 동생, 친구처럼. 세월이 흐르면서 당연히 사랑하는 누군가를 잃고도 굳건히 삶을 지속하는 어른처럼, 가끔은 애도하며 슬퍼하다가 일상에서는 작은 것을 보며 행복해하는 이가 되고 싶다는 열망이 생겼다. 자살 유족이 아닌 일상 사별자의 품으로 오니 세상이 한 뼘 더 넓어졌다.

2.

불행 울타리
두르지
않는 법

불행 울타리
두르지 않는 법

　　'불행 울타리'라는 단어를 처음 떠올린 것은 엄마를 곁에서 지켜보면서부터였다. 엄마는 동생이 떠나기 전부터 세상에서 가장 안타까운 사람은 본인이라는 말을 자주 했지만, 동생이 삶을 두고 떠나자 정도가 더욱 극심해졌다. 자식을 앞세운 부모의 고통은 자식 관점에서 헤아리기 어려우니 처음에는 엄마가 토하듯 내뱉는 말을 모두 견뎠다. 떠난 동생밖에 기억나지 않아 남겨진 너희는 상관없다는 의미의 악독한 말부터, 막내가 꿋꿋이 살아 있는데 떠나고 싶다는 얘기까지. 생명의 밧줄을 붙잡고 간신히 치유하는 나에게 엄마는 삶의 공허함을 내밀었다. 언젠가는 엄마의 슬픔이 엷어질 날이 반드시 오겠지. 나는 내 안의 체로 엄마가 쏟아 내는 비탄을 걸러 냈다.

안다. 엄마는 공부를 좋아했지만 가난해서 대학 진학을 포기했고, 어린 나이에 아버지를 잃었으며, 친구들이 문제집을 풀 시간에 어머니의 장사를 도와 수레를 끌어야 했다. 남편은 폭력적이었으며 교통사고로 첫아이를 유산했다. 시어머니에게 몇십 년 동안 구박받았으며 둘째 딸은 중학생 때부터 마음이 아팠다. 사는 내내 가족을 돌보느라 당신을 돌보는 법을 잊은 엄마는 둘째의 부고를 들은 뒤 식음을 전폐했다. 몇 개월 만에 20킬로그램이 빠졌고, 의사에게 우울증 약을 처방받았지만 입에 대지 않았다. 약의 도움을 받아 우울감을 줄이는 것은 자식을 보낸 엄마가 할 일이 아니라는 이유였다. 죄를 치러야 한다고 했다. 엄마는 특별했다. 남들과 다른 특별한 슬픔을 앓는다고 믿었다.

생계를 잇기 위해서는 잠들지 않고 일해야 했으므로 항우울제는 거부하는 와중에 수면제는 삼켰다. 그러고는 처방받은 수면제를 일찍이 다 먹고 제한을 받았다.

"효도하고 싶으면 수면제를 타 와."

내 이름으로 몰래 수면제를 타 오라고 부탁하는 엄마의 간절한 표정을 보니 그래야 할 것 같았다. 제때 먹지 않는다면 죽을지 모른다는 말을 덧붙이는 바람에 엄마까지 잃을까 두려워 의사를 찾았다. 유족의 자살 위험도는 그렇지 않은 사람에 비해 여덟 배 높다는 기사를 접해서였다. 선생님은 당연히 그런 말은 들어서도, 해서도 안 된다며 나를 돌려보냈고 따로 엄마와 만났다. 두 사람이 무슨 대화를 나눴는지 모르지만 이후 엄마는 나에게 어떤 말도 하지 않았다. 나를 칭찬하는 말도, 나를 괴롭히는 말도.

차라리 그렇게 아무 말을 하지 않았다면 좋았을 텐데, 일이 터졌다. 이 책 출간이 결정된 수상 축하 파티 자리에서였다.

"둘이 조촐하게 레스토랑에라도 가야 하지 않겠냐."

나는 고개를 끄덕였고 우리는 아빠 몰래 작은 레스토랑에 갔다. 한동안 내가 음식을 먹는 것만 봐도 그 아이는 맛있는 걸 먹지 못한다며 눈시울을 붉히던 엄마가 그릇 가득 요리를 채워 먹는 모습을 보니 마음이 훨씬 편안해졌다. 나는 엄마가 얼른 건강해지기를 바라는 사람 중 한 명이었다. 평생 방 하나 가지지 못했던 엄마에게 내 방을 내놓고 나가야겠다고 결심한 것도 엄마가 현실이라는 땅에 공간을 만들어 발을 붙이기를 바라는 마음에서였다.

"훨씬 잘 먹네."

흐뭇하게 얘기하는 나를 보며 엄마가 포크로 양상추를 집었다.

"그때보다 살이 좀 쪘어. 훨씬 보기 좋다더라."

고개를 끄덕이는 순간, 엄마가 말을 이었다.

"막내가 스무 살이 되면 떠나야지."

막내는 열일곱이었다. 옆에서 누군가 즐거운 식사를 하든 말든 커다란 한숨을 뱉었다. 딸의 출간을 축하하는 자리에서 머지않아 떠나겠다는 유언을 내뱉는 엄마를 전혀 이해할 수 없었다. 엄마는 말을 해야 하는 자리와 하지 말아야 할 자리, 그리고 해야 할 말과 하지 말아야 할 말을 구분하지 못할 만큼 아팠다. 중요한 사실은 나도 아프다는 것이었다. 하나뿐인 여동생을 잃은 나를 엄마는 절대 헤아리려 애쓰지 않았다. "자식을 잃은 엄마를 표현하는 말은 없잖아"라고 한탄하던 엄마에게 박완서 작가의 책을 찾아 "참척이야"라고 굳이 답한 것은 당신만 특별한 슬픔을 겪고 있다는 착각에서 빠져나오게 하기 위해서였다.

이목이 우리 쪽으로 집중되는 게 싫어서 커피 한 잔만 마시고 돌아가는 길에 데려다주겠다는 엄마의 말을 뒤로하고 걸음을 재촉했다. 걸어서 꼬박 한 시간이 걸리는 거리였다. 뒤에서 "타고 가, 타고 가"라는 소리가 들렸지만 절대 돌아보지 않았다. 엄마에게 소리를 지를 것 같아서였다. "그만하라고, 그만해!" 하면서 바닥에 앉아 엉엉 울 것 같았다. 분을 못 이긴 채 씩씩대며 한 시간 동안 걸어 집에 와서는 나에게 맞는 향초를 켜고 눈을 감았다. 엄마와 싸우면 꼭 세상에 내쳐지는 듯한 기분이 들었다. 조건 따지지 않고 나를 포용해 주기를 기대하는 존재에게 거절당하는 느낌은 도무지 익숙해지지 않았다. 무작위로 상대와 연결해 통화하는 앱을 켰다. 몇 번의 통화를 마치자 더 큰 외로움이 밀려왔다. 조용히 책을 꺼내 들었다. 글자를 억지로 눈에 담자 마음이 서서히 가라앉았다. 누군가가 사연을 직접 들어 주지 않아도 따스한 말을 들으면 편안해진다는 사실을 배웠다. 마음에 고인 감정을 자신의 언어로 표현해 대신 또박또박 읊어 주는 작가를 만났을 때 외로움이 덜해진다는 사실 역시.

오랜 정적을 깨고 엄마를 만난 날은 막내의 생일 케이크를 고르는 자리였다. 어디서부터 말을 시작해야 하나, 지금껏 그랬듯 맞지 않는 퍼즐처럼 억지로 말을 붙여야 하나 싶었는데 의외로 먼저 말문을 연 쪽은 엄마였다.

"안 좋은 꿈을 꿨어."

엄마는 늘 그렇듯 "큰일이지"를 뒤에 붙였다.

"말이 씨가 된다며. 큰일이 아닌데 큰일이 난다고 말하면 정말 큰일 나."

내 말이 끝나자마자 거짓말처럼 우리가 탄 차가 뒤에 있는 나무를 들이받았다. 엄마는 핸들을 급히 돌리며 "봐, 내가 그럴 줄 알았어"라며 보기 싫은 표정을 지었다. 차를 수리해야 할지 모른다는 당혹스러움과 내심 그럴 줄 알았다는 안도가 섞인 얼굴이어서 솟아오르는 화를 주체할 수 없었다. 엄마는 늘 안 좋은 일이 생기면 미리 마음의 준비를 해 놓았다는 듯 통달한 어투로 얘기했다. 그럴 줄 알았어, 내가 이럴 줄 알았지. 꼭 예기치 않은 불행이 엄마의 뜻대로 움직이기라도 하는 것처럼.

마치 불행을 바라는 사람 같은 말투를 들을 때마다 나는 생각했다. 불행을 삶의 기본값으로 삼은 사람이 하는 말 같다고. 엄마는 당신에게 찾아온 불행이 너무 많아서 더는 낙관이나 희망을 바라지 않는 것 같았다. 삶을 주체적으로 운용할 힘이 떨어졌을 때 경험하는 학습된 무기력과 비슷한 감정이 아닐까. 발이 묶여 밖으로 나가지 못하던 아기 코끼리가 사슬을 충분히 끊어 낼 힘이 생긴 어른이 되어서도 그대로 얽매여 있는 모습처럼, 엄마는 불행한 일을 연달아 겪으며 역시 이런 일이 닥칠 줄 알았다는 듯 쓴웃음을 보였다. 나는 말없이 케이크를 사고 다시 집으로 걸어갔다. 역시 화해하기는 글렀다고 생각하면서.

한때는 나도 나에게 닥친 안 좋은 일을 그럴 줄 알았다며 쉬이 넘기곤 했다. 바라던 기업에서 탈락했을 때도 "내가 그럴 줄 알았지. 서류까지 붙은 게 운이라고 생각했어"라며 자조했고, 연인에게 차였을 때는 "이럴 줄 알았어. 애초부터 갠나를 떠날 사람이었어" 하며 위안했다. 그런 생각을 하면 아픔이 중화되기라도 하는 것처럼. 모두 아니었다. 말과 생각이 불행 울타리에 갇혀 무기력해질수록 희망과 낙관은 흩어졌다. 긍정을 담은 어투나 문장을 내뱉으려 해도 익숙하지 않았다. 누군가 시켜서 억지로 웅얼거리는 것처럼 나는 잘될 거라는 말이나 내 미래는 창창할 거라는, 좋은 인연이 다가와 나를 행복하게 만들어 줄 거라는 소망을 입에 담지 않았다. 입으로, 마음으로 바람을 표하지 않으니 좋은 일이 일어나리라는 믿음이 사라지는 것은 당연했다.

나를 옭아매던 불행 울타리에서 서서히 빠져나와야겠다고 결심한 것은 미래를 그리지 않는 내 모습을 발견했을 때였다. 5년 뒤 뭘 하고 있을지, 10년 뒤 뭘 하고 있을지 당최 그려지지 않았다. 그리기는커녕 기대조차 되지 않았다. 심지어 과연 그때까지 살아 있을까 싶었다. 내가 대비하는 것은 오직 불행을 안는 마음가짐뿐이었다. 절망이 오면 잘 왔다고, 네가 올 줄 알았다고 반기며 약을 먹고 잠드는 날이 늘어났다. 중요한 사실은 불행을 대비한다고 충격이 완화되는 건 아니라는 것이었다. 차라리 아무런 대비를 하지 않는 편이, 근거 없는 희망을 품고 다가올 합격 소식을 기대하는 편이 훨씬 나았다. 같은 기다림이라도 기다리는 시간만큼은 더 기분 좋게 보낼 수 있으므로.

과감히 걱정을 내려놓았다. 물론 한번에 내려놓기란 굉장히 어려워서 '난 안 될 거야. 안 되면 어떻게 할까'라는 마음이 들 때마다 '될 것 같은데. 안 되면 그때 가서 생각하고'로 주문을 바꿨다.

장장 몇십 년을 남에게 속마음을 전혀 표현하지 않고 살아

온 엄마가 갑자기 상담 센터를 찾거나 불행을 당연하게 취급하는 습관을 뿌리 뽑지는 못하겠지만, 체면을 중요하게 생각하는 엄마가 슬픔을 마음껏 내보이며 어른다움을 잊고 꺼이꺼이 길에서 울 일은 없겠지만, 조금씩 당신의 감정에 솔직해졌으면 좋겠다. 지금보다 더 나은 미래를 자유롭게 꿈꿨으면 좋겠다. '역시 나쁜 일이 생길 줄 알았어. 나는 벌을 받아야 해' 하며 아늑한 불행 울타리에 몸을 감추지 말고.

굳건한 울타리에 여러 번 들어가 본 사람은 울타리가 주는 울적함과 결이 꼭 맞아서 한 번에 나오기 어렵다. 기대를 안고 계획을 실행하는 것보다 나는 안 될 거라며 포기하고 비난하는 편이 훨씬 수월하므로. 그 밖의 세상은 힘들고 위험해 보이므로.

울타리 밖은 사실 커다랗고 다채롭다는 것을 알려 주고 싶다. 엄마에게 편지를 보낸다며 진심을 꾹꾹 눌러 써 봤자 좀처럼 전달되지 않아서 불행 울타리를 넘어선 사람들이 늘어나야 한다는 바람을 가져 본다. 엄마 주변에 밝은 미래를 기다리고 고대하는 사람이 생겨난다면 엄마도 서서히 울타리 밖 세상을 꿈꿀 수 있을 것 같아서. 억지 낙관이 아닌 자연스러운 긍정을 쥐고 미래를 기대하는 당신이 있다면 엄마의 발에 묶인 사슬이 곧 끊어지지 않을까 하는 소망이 있다. 어렵지만 그리 힘들지는 않은 일이다. 좋지 않은 일이 닥쳤을 때, 그럴 줄 알았다는 속삭임을 바꾸자. '나에게 이런 일이 생기다니' 하며 깜짝 놀라는 쪽으로. 후에 침착하게 대처법을 모색하면 된다. 시선을 과거로 돌리지 말고, 나에게는 더 좋은 일이 많이 생기리라는 희망을 품고서. 당신과 나는 운이 좋은 사람이니까. 우리의 다음 날은 지난날보다 맑으니까.

고통뿐인 매일에서
웃음을 고르는 힘

첫 책에 가정 폭력 얘기를 실었음에도 아빠는 엊그
제 또 손을 들었고, 나는 즉시 가정 폭력을 사유로 경찰서에
전화를 걸었으며, 경찰은 내가 서울에서 지내는 동안 아빠가
가정 폭력을 이유로 신고당한 내역이 여러 번이라 말했다. 때
마다 전화하던 신고자가 스스로 생을 등졌다는 소식을 전하
는 것은 굉장히 힘겨운 일이었다. 우리는 가해자로 지목된 아
빠가 정신과 약물을 복용한다는 전제로 검찰에 송치하지 않
겠다고 협의했다. 엄마는 서울로 가고 싶어 하는 나에게 코
로나19 상황과 가족의 정신 건강을 지켜 줘야 한다는 이유로
제주에 조금 더 있으면 안 되겠냐고 간절히 요청했다.

반면에 좋은 순간들도 많다. 열일곱 동생이 쉰일곱 연배가 웃으며 얘기할 만한 농담을 한다. "오늘은 치킨이 당기지 않네"라고 하니 "그럼 밀어"라는…. 또 어느 날은 마트에서 요거트 파우더를 샀더니 물을 요거트 스무디로 변신시키는 능력을 얻은 듯한 기분도 든다. 머리 안쪽을 탈색해 화가 불쑥 날 때면 세상에서 제일 센 인물이 능력치를 조금 내보이는 듯한 여유로 머리카락을 귀 뒤로 넘긴다. 팔에 호랑이 문신을 새긴 것 같은 느낌이다. 물론 그만큼의 효과는 없으나 혼자 통쾌하다. 더불어 나에게 맞는 비타민을 삼키면 몸에 아이스 아메리카노를 들이붓는 듯해 개운하다.

불행 울타리에 갇힐 때면 왜 나에게만 이런 일이 생기는지 마음이 쓰리다. 한때 취업과 연애처럼 비슷한 고민을 공유하던 지인들은 마음의 여유를 갖고 건강히 사는 듯 보이는데, 나는 겉만 번지르르하지 내면은 시샘과 외로움으로 쥐며느리처럼 돌돌 말린 것 같은 기분이다. 하루는 행복했다가 하루는 이불에 파묻혀 무기력과 씨름할 때면 나를 떠난 연인이 현명한 판단을 했다는 생각까지 이어졌다. 단어 그대로 울타리다. 잠으로 도피하지 않고서는 불행 밖으로 뛰어넘지 못했다.

그러나 아픈 일을 겪은 탓에 좋은 일이 하나도 없었느냐 하면 그건 아니었다. 언성을 높여 질러 대는 고함 없이 깨 머리가 울리지 않는 편안한 오전이 있었고, 노란 조명이 은은하게 켜진 애정하는 분위기에서 라테를 홀짝이는 오후도 아늑했다. 뜻하지 않게 지인들에게 응원 메시지를 받는 것도 다정한 순간이었다. 머리에 안개가 낀 듯 자주 깜빡거리는 고통뿐인 매일이라 도통 기억하지 못했을 뿐이었다. 변덕스럽게 여러 기분을 왔다 갔다 하는 것은 내가 진정으로 바라는 한결같은 모습의 나와 거리가 멀다고 부정해서였다.

거실에 앉아 빨래를 개며 다큐멘터리를 보던 날이었다. 엄마가 화면 속 한 가족을 가리키며 중얼거렸다.

"저 사람들보다 우리가 낫네."

그들은 무겁게 내려앉은 빚으로 몇 날 며칠을 굶고 있었다. 나는 무심코 고개를 끄덕이다 이내 부끄러워졌다. 타인의 고통으로 나의 불행을 중화하는 대표 사례였다.

때때로 좋은 어른을 만날 때면 그들의 이야기를 열심히 듣고자 온 신경을 집중한다. 그들은 언제나 "사회의 시선에 휩쓸리지 말고, 내면의 목소리에 귀를 기울여야 해"라는 조언을 더한다. 그 말을 깊이 들여다봤다. 내면의 목소리에 귀 기울이라는 말은 선택의 문제뿐만 아니라 행복을 고르고 판단하는 기준까지 포함하는 것은 아닐까.

우리는 어릴 때는 학업으로, 어른이 되면 승진으로 타인과 비교하며 경쟁한다. 그런 습관을 구태여 일상까지 들여와서 나의 감정과 가치까지 비교 선상에 둔다면 서로가 지칠 것이 뻔하다. 그러니 타인에게 커다란 불행이 찾아왔으니 내가 겪는 불행은 견딜 만하다고 여기지 말자고. 나에게도 행복이 찾아왔지만 타인에게 더 큰 행복이 왔으니 내 행복은 비교적 조그맣거나 평소에는 잘 보이지 않는 복에 겨운 사건이라 해석하지 말자고.

비교에는 끝이 없다. 타인에게 찾아온 불행과 행복을 내 것과 견주며 잠시 만족감을 느껴도 결국 내 손톱에 난 거스러미가 가장 아픈 법이다. 아무리 다른 사람이 아프다고 하더라도 불행과 행복을 경쟁하는 것은 부질없다. 몸을 바꾸지 않는 한 완벽히 타인의 아픔과 기쁨을 누릴 수 없으므로 서로가 겪는 감정을 존중하는 것이 맞다는 생각이 들었다. 타인의 감정을 발판 삼아 내 감정을 평가하지 않으니 자연스레 불행 울타리 밖에 섰다.

내 아픔만 유독 색다르게 느껴질 때, 속으로 읊조린다.

찾아온 불행에 억지로 서사를 더해 더 많이 괴로워하지 않을 것. 나는 태어날 때부터 운이 없는 사람이라 확신하지 않고 마주친 상황 하나에만 잠시 좌절할 것. 고통뿐인 하루를 지나가는 과정 속 중간중간 마주치는 행복을 인지할 것. 어제는 불행을 느꼈지만 오늘은 행복에 도취하는 모든 모습이 나를 구성한다는 사실을 부정하지 말 것. 타인이 겪는 아픔의 깊이가 내 것보다 얕으리라는 믿음을 버릴 것. 불행과 아픔, 슬픔이나 괴로움의 무게를 재지 않고 모두가 저마다의 고통을 안고 지낸다는 사실을 기억할 것.

미룰 수 없이 찾아온 밤에 아파하다가도 다음 날 결국 삶 쪽으로 걸어가는 이들의 존재를 존경할 것.

벽장 속의 트라우마

벽장에 괴물이 산다며 친구들이 소리를 지르던 때 나는 조용히 벽장 안에 들어가는 아이였다. 벽장은 캄캄했고 고요했으며 잘 개어 놓은 이불과 함께 있노라면 따뜻해져 불편한 자세를 취하고 있지만 잠이 왔다. 실은 왔다고 쓰자니 조금 무안한데, 억지로 잠을 청했기 때문이다. 무거운 현실을 피하는 방법은 가족과 연을 끊고 집을 나가거나 꿈에 숨는 것이었다. 안정을 좋아하는 나는 고민 끝에 후자를 골랐다. 그때는 그게 더 현명한 선택인 줄 알았다. 벽장에 숨으면 아빠의 고함이 판자를 거쳐 작은 소리로 줄어들었다. 끅끅 터지는 울음을 참으면 쓰린 몸에 닿는 매를 덩달아 피할 수 있었다.

나를 지켜 주던 벽장이 한순간 무서운 존재로 탈바꿈한 것은 동생이 세상을 떠난 날이었다. 동생의 마지막 모습을 담은 사진을 보겠느냐는 경찰의 질문에 무심코 고개를 끄덕였다. 거절할 여지가 있었지만, 왠지 봐야 할 것 같은 직감이 들었다. 나는 그 아이의 손을 잡고 맨발로 뛰쳐나갔던 언니니까. 커다란 울음소리로 서러움을 드러내면 숨은 곳을 들킨다며 눈물을 참으라 소리치던 언니였으므로. 둘이서 어깨동무하며 웃는 사진을 관에 담은 것은 그 말을 해 주고 싶어서였다. 너는 혼자가 아니라는 말. 그러니 어깨 펴고 앞을 보며 걸으라고.

　동생의 마지막 사진을 함께 보려던 막내를 붙잡은 사람은 엄마였다. 미성년자가 보기에는 참혹한 장면이었다. 나는 새 옷 사이 편안하게 잠든 동생을 가만히 내려다봤다. 어떤 말도 나오지 않았다. 어릴 적 매를 맞을 때마다 고통 어린 울음과 눈물이 섞여 나오곤 했는데, 이번에는 신음조차 나오지 않았다. 히터를 켜 후끈하던 공기가 유독 내 주변으로 차갑고 묵직하게 가라앉았다. 이후 트라우마가 발현되는 공간은 세 곳으로 압축됐다. 부고를 듣고 졸아드는 심장을 애써 이완시키며 메모장에 감정을 쏟아붓던 비행기 안과 층고가 낮고 면적이 좁은 원룸, 동생이 떠난 어두운 벽장.

처음에는 충격요법을 실행했다. 답답한 비행기를 타고 서울로 올라가 작은 원룸에 사는 친구 집에 놀러 가자고 결심했다. 그러나 비행기를 타는 동안에는 극심한 불안감에 수면제를 먹고 잠들었으며, 어렵게 다다른 친구의 원룸에서는 공포심이 밀려들어 재빨리 카페로 도피했다. 친구 앞이라 내색할수 없어 약을 한 움큼 먹고 숨을 고르게 내쉬려 애썼다.

여섯 달이 흘렀다. 다행히 이전만큼 옷장을 여는 일이, 비행기를 타는 일이 괴롭지 않다. 제주에 와서는 원룸을 빌려 살기까지 한다.

어떻게 트라우마를 그리 빠르게 극복할 수 있냐 묻겠지만, 답을 하자면 완벽히 치료되지 않았다. 그저 덜 무서워할 뿐이다. 벽장을 무서워하는 아이의 공포를 해소할 유일한 방안은 아이로 하여금 직접 벽장을 열어 그곳에 괴물이 없음을 깨닫게 하는 것 아닐까. 어른이 대신 열며 "봐, 여기 아무것도 없잖아"라고 일러 봤자 두려움은 여전하다. 아이가 직접 무서움을 견디며 벽장 문에 손을 대고 힘을 내 당겨야만 조금씩나아질 수 있다. 나는 하루에도 수십 번 옷장 문을 여닫았다.

이전에 실행했던 충격요법은 아니었다. 열기 싫으면 열지 않았으므로. 다만 그곳에 동생이 잠들어 있을 것 같다는 생각이, 비단 생각에 그치지 않고 상상으로 그려질 때면 옷장 문을 종일 열어 뒀다.

전처럼 나를 괴롭히는 일이 매일 벌어지지 않으리라는 확신도 한몫했다. 꼭 좋은 일이 가득하지 않아도 일주일에 한 번은 꼭 벌어질 것이라는, 그래서 이제껏 겪은 고통과 아픔과 절망과 슬픔은 이전만큼 거대하지 않을 것이라는 희망을 억지로 품으면 울타리 밖으로 조금씩 나가는 것 같은 기분이 들었다. 원룸도 마찬가지였다. 내가 모은 자본은 기껏해야 조금 넓은 원룸을 얻을 정도였다. 널따란 집에 살지 못하면 원룸에 사는 수밖에 없어서 긍정적인 타협을 하기로 했다. 한때 창문 없는 고시원에서 산 적이 있었지만, 지금은 동생 일 때문에 그보다 훨씬 넓은 원룸도 무서워하는 나를 인정하는 단계부터 시작했다. 동생의 원룸을 청소한 순간부터 원룸은 앞으로 한동안 아늑한 느낌으로 다가올 리 없다는 진실을 받아들였다. 그러나 한계에서도 바꿀 여지는 있었다. 애착 인형을 안고 자듯 내가 좋아하는 소품을 군데군데 들여 동생이 머물던 원룸과 다른 느낌을 내면 될 터였다. 오래된 나무 책상을 하얇고 커다란 테이블로 바꿨다. 동생이 세상을 떠난 시각과 가까워져 눈물이 나고 심장이 아픈 오후 여덟 시 무렵에는 부러 사람 많은 카페에 들어가 나는 혼자가 아니라며 스스로를 안심시켰다. 나를 챙기는 나날이 늘자 언제부턴가 마음을 덜 졸이게 됐다. 옷장을 열며 무서워하는 횟수도 눈에 띌 만큼 줄어들었다. 옷장을 여는 행위보다 옷장 안 예쁜 옷을 골라 입는 행동으로 관심을 옮겼다. 흐느끼지 않고 잠드는 편안한 날이 늘어 갔다.

이렇게 오래 행복하게 살았다고 마무리되면 좋으련만, 새로운 트라우마를 느낀 것은 아는 동생이 연락을 해 왔을 때였다. 그는 부탁할 일이 있다며 "언니"라고 스스럼없이 불렀고, 순간 어깨가 딱딱하게 굳어 오는 것을 느꼈다. 입사하는 회사마다 막내 위치를 담당할뿐더러 원래 아는 여동생이 몇 없어 평소에는 들을 기회 없는 호칭이었다. 특히 이름을 합쳐 "요아 언니"라 부르는 순간, 친동생과 신나게 시간을 보내던 온갖 장면이 머릿속을 어지럽게 휘감는다. 그렇다고 만나는 여동생마다 언니라 부르지 말라고 말할 수는 없으니 새로운 난관은 결국 내가 헤쳐 나가야만 한다. 정처 없이 비행기표를 예매해 탔을 때처럼 언니라는 호칭과 직면하는 방법이 있겠지만, 왜인지 들을 때마다 먹먹함이 사라지지 않아서 나를 언니라고 불러야 할 사람들과 거리를 두고 있다. 어쩌면 막내도 비슷한 고통을 겪고 있을지 모르겠다. 작은누나를 부를 길이 없으니까. 자기 연민의 늪에서 허우적거릴 때면 나만 겪는 고통은 없음을 기억한다.

언니라는 말을 들을 때마다 숨이 가빠지는 트라우마 역시 '이 방법으로 없어졌어요' '깔끔하게 해결돼서 신경 쓰이지 않아요'라며 쾌활하게 글을 마치고 싶지만 비행기와 벽장과 원룸에서 헤어 나온 방법을 적용해도 좀처럼 나아지지 않는다. 다행인 것은 바라는 미래가 하나 더 생겼다는 사실이다. 무작정 트라우마와 맞서 싸워 봤자 고통스러워지는 쪽은 나다. 충격요법을 잘못 사용했다간 외상 후 스트레스 장애가 더 심해질 수 있다. 그러니 원하는 미래를 구체화한다. 언니라는 호칭을 들어도 덤덤하게 상대와의 대화에 몰입하는 내 모습을 그린다. 친해진 여자 동생과 원룸에서 조촐한 파티를 열어 얼굴을 마주 보며 웃을 날을 기다린다. 잔뜩 물렁물렁해진 어깨와 따뜻하다 못해 뜨거운 손가락으로 빅토리아 케이크를 자르며 "너무 좋다" "행복하다"를 읊조리는 날, 그런 날은 올 것이다. 반드시 오고야 말 것이다. 그런 미래를 기대하고 있으니까. 간절히 고대하고 생생히 그리며 찾아올 날을 누구보다 바라니까.

있는 그대로의 웃음

'웃지 못한다'는 말에는 두 가지 의미가 숨어 있다. 정말로 웃을 만한 일이 없어 웃음이 나오지 않는다는 뜻과 회사에서 웃음을 참는 것처럼 마음껏 웃을 수 있지만 웃으면 안 되는 상황에 처했을 때. 회사는 퇴근이라도 있지, 애도에는 퇴근이 없어서 나는 낮이고 밤이고 웃음이 나올 때마다 숨을 참았다.

아빠는 아빠의 엄마와 아빠와 동생과 누나를 보냈다. 엄마 역시 엄마의 엄마와 아빠를 보냈다. 천년만년 살 수 없는 인간은 반드시 사별을 겪는다. 언젠가 나는 또다시 가족을 잃을 것이다. 이 글은 마음껏 웃지 못할 만큼 슬픈 일을 겪은 사람과 또 한 번 아픔의 늪에서 헤어나지 못할 훗날의 나를 위해 썼다.

  엄마와 아빠와 동생과 누나를 보낸 아빠는 자식을 떠나보내는 겪은 적 없는 충격을 맞닥뜨렸다. 엄마도 마찬가지였다. 상담 선생님과 의사 선생님은 나에게 엄마와 아빠를 잘 보살피라고 당부했다. 형제를 잃은 슬픔보다 자식을 잃은 슬픔이 더 크다고 했다. 형제를 잃은 슬픔은 알지만 자식을 잃은 슬픔은 차마 모르는 나는 그 말을 들으며 더 강해져야 한다고 스스로를 타일렀다. 각자의 슬픔은 각자가 해결해야 한다는 주의지만, 엄마와 아빠는 어른이라는 위치를 잊고 나보다 더 크게 흔들림을 표현했다. 결국 짊어지기 싫은 첫째의 무게를 자처해 등에 올렸다. 어떤 역할을 해야 하는지 분명히 알아서 더 피하고 싶었다. 힘내라거나 잊으라는 대답 말고 묵묵히 그들의 아픔을 받아 줘야 했다. 내 아픔은 숨기고 잠근 채 언제나 무덤덤한 표정을 지어야 했다. 감정이 없는 사람처럼 보일수록 단단하다는 말을 들었다. 그럴수록 심장이 무거워지는 듯한 느낌을 받았다. 사람이 너무 단단해지려고 노력하면 안으로 파고들어 그 단단한 돌덩이가 마음에 얹히는구나 싶었다.

엄마와 아빠 앞에서는 억지로 웃음을 숨겼지만 열일곱 된 막내 앞에서는 웃음을 보였다. 너의 누나가 떠난 것은 그리 심각한 일이 아니라고, 세상을 살아가다 보면 충분히 일어날 수 있는 일이라고, 너에게만 특별하게 닥친 불행이 아니라는 딱딱한 얘기를 하는 대신 마음껏 낄낄댈 수 있는 영화를 보거나 나의 약점을 팔아 웃기는 것이 막내를 위한 일이라 생각했다. 웃음이 싫었다. 억지로 웃어야 하거나 억지로 참아야 하기 때문에. 세상에 웃음이 모두 사라졌으면 좋겠다는 생각을 하루에도 몇 번이고 했다. 철없는 아빠는 내 의도를 오해하고는 동생과 웃으며 밥을 먹는 탁상 앞을 지나가면서 말했다.

"밥이 넘어가?"

급한 장례를 치르고 집에 쓰러져 있는 나와 엄마를 본체만체 친구들을 불러 모아 술주정을 한 것은 잊었는지 분위기를 띄우기 위해 억지로 웃는 내 마음을 헤아리려는 노력 없이 무심코 한마디를 던졌다. 막내는 들으란 듯 숟가락을 소리 내서 내려놓고는 이내 방으로 들이기 문을 걸어 잠갔다. 반쯤 남아 있는 밥그릇을 치우고 차가운 물로 설거지를 하는데 웃음이 실실 새어 나왔다. 표출하고 싶을 때 참고, 참고 싶을 때 드러내야 하는 웃음은 어느 때부터 반쯤 고장 나 있었다. 벽에 붙은 싱크대를 마주 보고 아무도 모르게 실실 웃으며 설거지를 마쳤다. 손이 부르틀 정도로 시렸지만 이상하게 녹이고 싶은 마음이 없었다.

침대에 누워 휴대폰을 보는데, 작정하고 사람들을 웃기려는 영상을 발견했다. 마음은 눈치 없이 누르지 말아야 한다고 말렸지만 손가락은 딱딱하게 얼어붙어서인지 마음을 무시하고 눌렀다. 흐흐, 입에서 웃음소리가 나왔다. 크크, 연달아 웃으니 죄책감이 웃음소리를 따라 달려왔다. 동생이 생을 끊었는데, 언니라는 사람은 따뜻한 이불 속에서 영상을 보며 웃어도 되는 건가. 머릿속이 복잡해지자 더 이상 영상이 눈에 들어오지 않았다. 회사 생활은 더 고역이었다. 모두 웃는 상황에 혼자 입꼬리를 내리고 꼿꼿하게 앉아 있을 수 없어서 으하하 웃는데 심장이 아팠다.

마음이 말했다.

너는 첫째니까 엄마와 아빠를 챙겨야 해. 동생이 떠났으니 웃으면 안 돼. 동생은 추운 곳에 있으니까 넌 따뜻하면 안 돼. 동생은 생전에 외로웠으니까 친구를 만나면 안 돼. 동생은 용

돈이 적어 맛있는 걸 많이 못 사 먹었으니까 너도 맛있는 걸 먹으면 안 돼. 무언가를 하려고만 하면 이런 마음이 눈치 보지 않고 튀어나왔다. 정말 그럴 거야? 따뜻한 곳에서 맛있는 걸 먹으며 좋아하는 사람들과 즐겁게 웃으면 동생에게 미안하지 않니? 그렇게 매정하니? 매일 내 편이던 마음은 어느새 적으로 변해 있었다.

마음이 하는 말을 무시하기 위해 애쓰며 혼자 바람을 쐬겠다고 하릴없이 걸음을 재촉하던 날이었다. 하교한 아이들이 조잘대며 걸어가고 있었다. 그중 눈에 띈 것은 자매인 듯한 여자아이 둘이었는데, 동생처럼 보이는 아이가 발을 헛디뎌 꽈당 넘어졌다. 무릎이 까질 정도로 크게 넘어져 우렁차게 우는 동생을 보고 언니가 소리쳤다.

"아하하하하, 너 진짜 웃겨."

"웃지 마. 웃지 말라니까. 아, 진짜."

동생은 아픔에 못 이겨 울다가 박장대소하는 언니를 따라 입꼬리를 천천히 올렸다. 어느새 둘은 아픔과 걱정을 잊고 서로를 바라보며 배가 아플 만큼 웃었다. 그 장면을 보며 주책맞게 울음이 터졌다. 언니, 웃어도 돼. 동생이 말하는 것 같았다. 언니가 웃으면 나도 웃겨. 매일 따라 나와 손가락질하던 마음이 이번에는 신기하게 잠잠했다.

지인 중 사연을 모르는 이들이 이 책을 읽으면 놀랄 만큼 웃고 싶을 때 웃었다. 아픔을 잊기 위한 웃음이나 누군가를 웃게 하기 위한 억지웃음도 아니었다. 그저 웃음이 나오면 자연스럽게 웃었다. 때로 죄책감에 심장이 조일 듯 따끔거렸지만 그럴 때면 그때의 아이들을 떠올렸다. 언니, 웃지 마. 언니가 웃으니까 나도, 하며 함께 까르르 웃는 아이.

있는 그대로의 웃음을 마음껏 표출한 뒤부터 놀랍게도 자기 연민에 갇히는 횟수가 줄어들었다. 내가 원할 때 웃을 수 있다는 주체성이 이렇게 큰 힘을 발휘할 줄 몰랐다. 진심을 담아 웃을 때면 지나간 학교 폭력과 가정 폭력, 직장 내 따돌림과 동생을 떠나보낸 언니라는 입장이 사라졌다. 과거의 아픔에 얽매인 나는 흩어지고 그저 웃는 현재의 나만이 자리를 지켰다. 웃을 거리가 없을 때는 당연히 억지로 웃지 않았다. 그런 무심한 날이 훨씬 많았다. 연달아 실수했을 때, 모두가 나를 인정하지 않는다고 느낄 때, 친구와 인연을 끊었을 때, 지인을 잃었을 때. 아픈 날이 훨씬 많은 인생이지만 그럼에도 웃을 만한 순간은 반드시 있었다.

그저 웃겨서 웃은 것뿐이다. 웃음에 자격을 부여하지 않는 것만으로 불행 울타리에서 한 뼘 밖으로 나올 수 있었다.

자고 일어났을 때
10년이 흘러 있으면 좋겠다고

　　잠들 때마다 그런 생각을 했다. 자고 일어났는데 딱 10년이 흘러 있으면 좋겠다고.

　　어려질 수 있다면 얼마든 지불할 의향이 있는 사람에게는 무슨 복에 겨운 소리냐는 잔소리를 듣겠지만, 아직 나는 내 나이가 실감 나지 않는다. 미래에 대한 생각을 너무 자주 해서 그런지 모르겠다. 상대적으로 어린 나이 때문에 듣기 싫은 조언을 듣는 날이 많아서인지, 혹은 오르내리는 감정의 진폭을 감당할 길이 없어 얼른 안정된 사람이 되고 싶다는 열망인지. 이유가 무엇이든 진심으로 눈을 감았다 떴을 때 40대가 됐으면 했다. 세월만 흐른 것이 아니라, 안정된 위치에 올라

딱 간소한 삶을 영위할 만큼의 돈과 진정한 친구 몇을 둔 사람으로.

직업뿐만 아니라 인간관계나 나와 친해지는 법에도 시행착오가 필요해서인지, 사람을 대하는 데 미숙하거나 스트레스를 어떻게 푸느냐는 질문에 고민하느라 망설이는 나를 보면 모든 질문에 확고히 답할 수 있는 나이가 되기를 진심으로 바랐다. 그래서일까. 이곳저곳에 부딪히는 20대가 미웠다. 왜 사람은 안정된 경지에 이르기 위해 엄청난 횟수의 시도를 거듭해야 하는가. 왜 믿었던 이에게 발등을 찍히고 일생의 한 시기를 열렬히 나눌 만큼 사랑하던 사람과 다른 길을 걸어야 하는가.

한숨만 나왔다. 내가 꿈꾸는 내 모습은 지금의 모습이 아닌데. 무기력과 불안을 조절하는 법을 몰라 항상 기분의 폭을 좁히는 약을 먹어야 하는 어른으로 자랄 줄 몰랐는데. 20대 중반이 넘어가면 울적할 때 나를 달래고, 많이 기쁠 때 나를 칭찬하며 앞으로 잘 걸어가자 북돋는 사람이 될 줄 알았다. 그렇지만 현실의 나는 울적할 때 화를 내고 기쁠 때는 행복이 언제 사라질지 모른다며 발만 동동 굴렀다. 기쁨을 온전히 느끼기 전에 일어나지 않은 일을 걱정하며 복에 겨운 사람이 되어서는 안 된다는 말로 나를 손수 괴롭혔다. 많은 인정을 받고 싶어 혈안이 됐고, 칭찬은 빠르게 잊고 비판은 오래 기억했다. 몇 안 되는 비난을 받을 때는 직업을 바꿔 버리고 싶은 충동에 이르기까지 했다. 여느 때처럼 오후 두 시인지 새벽두 시인지 분간하기 어려운 날에 문득 이런 생각이 들었다. 목적지를 너무 확고히 정한 나머지 시간이라는 버스에서 잠만 자고 싶은 것은 아닐까?

우선 목적지가 없는 쪽으로 달려야 했다. 이상을 현실에 바로 적용할 수 없으므로 진짜 바퀴를 굴리는 버스를 탔다. 대입 시험을 치르기 싫어 도망치던 고등학생 때의 나처럼 무작정 버스를 타고 카드를 찍었다. 휴대폰을 보면서 어디쯤 왔나 경로를 탐색하며 길을 잃지 않기 위해 고군분투하는 나는 접고 출발지로 돌아와도 개의치 않는다는 마음으로 타니 오름 끄트머리에 오르는 사람들이 보였고, 새로 생긴 카페가 눈에 띄었으며, 인스타그램에서 본 옷 가게가 이곳이구나 싶었다. 비탈길을 돌 때는 생각보다 속도 울렁거렸고, 에어컨 없이 찝찝한 버스 안에서 마스크를 끼고 숨을 쉬는 것도 버거웠지만 억지로 과정 자체에 집중하니 참을성이 생겼다.

얼른 세월이 흘렀으면 하는 소망이 생긴 뒤로 참을성과 인내심은 바닥을 쳤다. 장편을 쓰겠다고 얘기했는데 왜 소설을 쓸 만한 키워드는 떠오르지 않는지 분노했고, 급기야 검색창에 '참을성 기르는 법'을 쓰고는 원하는 답이 빨리 나오지 않는다며 짜증을 부렸다. 부족한 모습만 눈에 들어왔고 언제 부족한 면이 메워질지 전전긍긍했다. 벗어나고 싶은 이상은 더욱 위대해 보였고, 인내심 없고 매 순간 인정받고 싶어 칭찬을 달라 말하는 어린아이 같은 현실에서 더 도망치고 싶었다.

목적지 없는 버스를 타고 크게 깨달은 사실은 없다. 오름 끄트머리에 사람들이 보였다고, 그토록 찾아 헤매던 원하는 분위기의 카페를 발견했다고 갑자기 목적지로 향하는 과정 전부가 흥미로워질 리 없다. 다만 목적지에 가려면 버스를 타든 택시를 타든 걷든 제 열정으로 시작해야 함을 깨달았다. 걸을 때는 열한 시간이 걸리는 거리가 차로 한 시간이면 달릴 수 있다는 존경심도 더불어 들었다. 차와 비행기를 발명한 이들 덕에, 한 차례 직업을 거친 사람들의 땀과 시간 덕에 어딘가로 향하는 경로는 확실해졌다. 그러니 불안과 우울을 잠재우는 약을 미워하지 말아야겠다고. 조금 너 핀안하게 미래를 향해 달릴 수 있게끔 돕는 결실이니까.

과정의 행복에 집중하는 현인은 되지 못하더라도 차를 타는 과정이 있어야, 신발을 신고 걸음을 뗄 때는 과정이 있어야 목적지에 다다른다는 사실을 알았으니 이번 여정은 그것만으로 충분한 것이 아닌가 싶다. 잠깐, 그런데 나는 왜 과정이 있다는 사실도 직접 익혀야 하는 거지? 어느 세월에 시간이 지나는 걸… 아니, 오늘을 지내야 내일이 온다.

도망도 버릇

섬으로, 시골로, 안으로 도망친 이유는 작게는 여럿이 있지만 크게는 매일의 흑역사를 갱신하는 것 같다는 두려움이었다. 무심코 내뱉은 말이 친구에게는 도통 빠지지 않을 가시가 될 수 있다는 가능성, 사적인 곳에서 얻은 짜증을 공적인 일에 배게 할 수 있다는 확률이 무얼 하도록 만드는 주체성을 앗아 갔다.

좋아하는 이를 만나 근황을 나누거나, 열정을 지니고 미래를 바라보며 현재의 일에 집중하거나, 점원에게 살가운 말로 인사를 건네는 일도 그만뒀다. 지쳤거나 부실없게 느껴졌기 때문이라기보다는 무서워서였다. 관계에는 답이 없었다. 다

정한 진심을 담아 안부를 물어도 누군가에게는 엄청난 부담
으로 다가갈 수 있었다. 이윽고 입을 닫고 집에 들어가는 것
이 모두를 다치지 않게 하는 가장 건강한 방법이라는 확신이
들었다. 그렇게 반년 이상 문을 걸어 잠갔다.

누명을 쓰면 아득바득 내 잘못이 아니라 말하던 성격에서
갈등을 부풀리기 싫어 입을 다물고 도망치는 쪽을 택하자 고
립감이 더욱 깊어졌다. 무례한 사람과 맞서 싸우지 않으니 감
정 소모가 없다는 장점이 있었지만, 사람과의 만남이 점점 무
섭고 싫어졌다. 나를 이해하는 사람은 내 글을 읽는 사람뿐이
라는 잘못된 생각으로 밤을 지새웠다. 나를 사랑하는 사람 몇
은 도망이 내가 삶에 애착한다는 증명 중 하나라고 덧붙였다.
부딪혔을 때 삶을 내려놓지 않고 다른 길이 있을 것이라며 용
기 있게 뒤를 돈다는 해석이었다.

한때 무거운 왕관이 아닌 가벼운 왕관을 찾아 쓴다는 얘
기를 중얼거렸다. 버티지 못할 중압감이 든다면 척추를 위해
서라도 무거운 왕관을 내려놓겠다고. 그러나 종일 가벼운 왕
관만 찾다 보니 원래는 거뜬히 들 수 있을 만큼의 무게도 버
거워졌다. 어느 정도는 내가 할 수 있는 일과 할 수 없는 일을

구분해야 했는데, 할 수 없는 일만 정하다 보니 정작 할 수 있는 일도 할 수 없게 됐다. 주말이어도 급한 일이라면 융통성을 발휘해 메일 한 통 정도는 쓸 수 있을 텐데, 어떻게 토요일에 일을 시키냐며 속으로 펄펄 뛰었다. 중고 거래 앱에 물건을 올렸을 때 누군가 터무니없는 값으로 깎아 달라고 요청하면 대답하기 힘들어 게시물을 지웠다. 거절하지 못하는 성격에 도망치는 특징이 더해지니 큰 결심을 하지 않고도 포기하는 버릇이 생겼다.

그때 마주친 한 줄의 문장이 마음을 움직였다. 사는 것은 단순히 사는 게 아니라, 죽음과 삶 중 삶을 택한 것이라는 얘기였다. 현재의 나는 어느 쪽일까. 진심을 담아 삶을 택한 것은 아니지만 그렇다고 죽음을 택한 것도 아니었기에 굳이 얘기하면 삶 쪽이라는 말이 맞았다. 그러면 좋은 일이든 싫은 일이든 마주 봐야 했다. 싸우지는 않아도 좋고 싫다는 의사를 표현해야 했다. 불가피한 일로 물러선대도 내 탓이 아니라는 한마디는 해야 했다. 누명을 씌운 사람이 곤란해진다는 배려는 잠시 넣어 둬야 했다. 아무도 알아주지 않는 세상에서 참아 봤자 홀로 아프게 곪는 것은 나다. 더불어 상대를 배려한다는 명목으로 명확한 거절 의사를 밝히지 않는 것은 되레 상대를 괴롭히는 일이 될 수 있었다.

내 말이 누군가에게 상처가 될까 무서울 때, 진심이 오지랖으로 해석될까 두려울 때마다 나는 도망치지 않고 '서툴다'는 표현을 떠올린다. 완벽한 사람은 없다. 모두 서툴다. 자신의 가장 완벽하고 성실한 면을 꺼내 전시해야 굶어 죽지 않는 사회에서 서툴고 부족하고 노력하겠다는 말은 약점을 구태여 드러내는 일처럼 치부되지만, 나는 죽음이 아닌 삶을 고른 사람이며 사생활에서까지 완벽해질 필요는 없다. 완벽해지고 싶은 마음이 든대도 모든 일에 서툴다. 사람이기 때문이다. 사람이어서다. 나도 그렇고 나와 마주 보는 당신도 그렇다. 서툶 속에서 진심을 찾아내려는 마음만 잃지 않으면 된다. 잊지 않으면 된다.

글만 쓰면
울적한 이야기가 나오는 이에게

　　조증이 극에 달해 졸업논문을 이틀 만에 끝내는 기염을 토했다. 생각이 머리를 거치는 것보다 손이 키보드를 거치는 것이 빠른 경지에 다다르니 홀로 묻고 답하는 인터뷰를 상상했다. 글 쓰는 능력과 행복을 만끽하는 능력 중 하나를 택한다면 무엇을 고르겠느냐? 질문을 끝까지 듣지 않아도 단연 후자를 택할 준비가 되어 있었다.

　　논문을 쓰는 동시에 에세이 강의를 맡았다. 수업할 기회가 주어진다면 주저하지 않고 강사를 자원한다. 저마다 자신의 철학을 담은 에세이를 하나씩 지니길 바라는 신념으로 임해서다. 수강생들의 글을 읽다 보면 확실히 빛나는 글을 마주

한다. 문장이 뛰어나서는 둘째고, 다소 미숙해도 경험이라는 재료만으로 눈에 띄게 흡입력이 강한 글. 경험이 빛나는 글을 읽자 문득 지인에게 들은 말이 떠올랐다.

"나도 너 같은 과거가 있으면 좋을 텐데."

그 말은 가정 폭력과 학교 폭력을 번갈아 당하거나, 그 스트레스로 머리가 빠져서 초등학생 때 원형 탈모 진단을 받고, 어른이 되어서는 한 연인과 진절머리 나게 몇백 번 싸우고 헤어지는 과정을 경험한다는 뜻이다. 물론 가족도 정상은 아니어야 한다. 당시엔 내가 지금 무슨 이야기를 들은 것인지 심각하게 고민하느라 반응할 타이밍을 놓쳐 버렸다. 분명 화를 내야 하는 상황이었는데, 나는 분노할 상황에 놓이면 정작 싸우기 싫어서 웃으며 못 들은 척하는 능력의 소유자라 그는 자기가 그런 말을 했는지 꿈에도 기억하지 못할 테다. 그 후 이유를 따로 말하지 않고 조심스레 절교를 선언했으나 아픔은 1년이 지난 지금도 마음속에 고스란히 저장돼 있다.

"어떤 에세이를 쓰고 싶어요?"

좋아하는 에세이 작가님에게 이런 질문을 들은 적이 있다. 나는 씩씩하고 용감하며 재치 있는 글을 쓰기로 유명한 분들을 언급했다. 내가 좋아하는 작가님들은 다 재미있고 긍정적인 글을 쓰는구나. 문득 내가 쓴 자질구레하고 지질한 글이 떠올라 한참 고개를 숙였다. 사회생활을 할 때 나는 분명 친구들을 웃기는 사람인데, 키보드 앞에만 앉으면 토하듯 아픔을 내뱉는다. 어떤 독자분은 실제로 나를 만나는 자리에서 "생각보다 어두워 보이지 않네요"라는 말로 인사를 건넸다. 나 역시 어떤 작가님을 만났을 때 비슷한 말을 한 적이 있겠지 싶어 씁쓸하게 웃었다. 사람에게는 글 쓸 때의 자아와 집에서의 자아, 밖에서의 자아가 따로 있다. 스물 무렵의 나는 그 사실을 몰라 작가와 글을 동일시해 글이 좋은 작가는 인성도 좋은 줄만 알았더랬다.

조울증을 앓은 지 벌써 1년이 됐다. 병 때문인지 내 글은 유쾌하다가 금세 어둑하다. 글을 쓰는 행위는 세상에 내 이야기를 내보이고 싶은 결핍에서 시작된다고 생각하므로, 이제껏 겪은 아픔이 없다면 아마 책 한 권을 낼 정도의 분량까지 쓰지 못했을 것 같다. 그래서인지 가끔은 이런 성향을 작가라는 직업 전체에 투영한다. 조울증이나 범불안 장애를 앓지 않았다면, 동생을 자살로 잃거나 가정 폭력을 겪지 않았다면, 따돌림을 심하게 당해 학교에서 요주의 인물로 꼽히지 않았다면 약을 구하는 심정으로 다급하게 책을 읽거나 글을 쓰지는 않았을 텐데. 좋아하는 동화 작가님은 "어릴 때는 놀 게 없어서, 너무 심심해서 글을 쓰기 시작한 것 같아요"라고 말씀하셨다. 어느 정도의 심심함과 결핍이 있어야 책을 읽고 글을 쓴다는 가설에 또 하나의 증거가 붙는 순간이었다.

그래도 불행을 바라는 것은 아니지 않나 싶다. 현대인들이 내과 가듯 정신과를 찾는다고 해서 정신과에 다니는 사람을 부러워할 필요는 없는데. ADHD나 공황 장애를 앓는다고 밝히는 사람들이 늘어난다고 해서 그 병을 앓아야 글을 쓸 수 있는 것은 아닌데. 재료에 대한 집착이 사람을 잃게 만드는구나 싶어 마음이 아리다. 특히 문예창작과에 다니는 친구들은 어릴 때부터 자신이 지닌 재능을 알았고, 따라서 욕심을 품게 됐으므로 글에 대한 열망이 큰 것을 잘 안다. 그러나 집착과 욕심은 인간성을 잃게 만든다. 나는 글을 써서 브런치에 올리고 구독자가 늘고 책을 내는 동시에 몇 명의 지인을 잃었다.

글쓰기 수업을 마치자 한 분이 내 앞을 맴돌았다. 처음에는 낭독하겠다고 자원했지만 정작 차례가 다가오자 어려울 것 같다며 급하게 발표를 취소한 분이었다. 무슨 일이냐고 묻자 그분이 주저하며 입을 뗐다.

"글이 너무 어두워서 차마 낭독을 하지 못하겠더라고요. 선생님, 저는 왜 글만 쓰면 우울한 얘기가 나오는 걸까요?"

같은 고민을 겪고 있어 적당히 답할 말을 찾지 못해 어물쩍 넘어갔지만, 시간이 흐른 지금은 대답할 준비가 됐다.

우울한 얘기를 모두 쓰고 나면 우리가 원하는 밝은 글을 쓸 수 있을 거예요. 우울한 얘기로 사람들의 주목을 받게 됐을 때 "너 같은 과거가 있으면 좋겠어"라는 무례한 말을 종종 듣기도 하겠지만, 그런 단점은 훌훌 털고 같은 아픔을 겪는 사람들을 만날 수 있다는 장점에 초점을 두면 좋겠어요. 이름 모를 이를 만나 함께 손에 손을 잡고 과거를 과거로 흘려보내면, 그때부터 우리가 원하는 유쾌하고 재치 있고 튼튼한 글을 마음껏 쓸 수 있을 테니까요.

이 글은 왜 글을 쓸 때면 아픈 얘기가 먼저 나오는지 답답함을 호소하는 사람에게 쓰는 편지다. 아직 아픔이 고여 있어서 그렇다. 눈치 보지 않고 고인 아픔을 방류했으면 좋겠다. "어두운 글보다 밝은 글을 쓰면 좋겠어. 넌 왜 이렇게 우울한 글만 써"라는 얘기에 휘둘리지 않고 당당하게.

사랑스러운 글과 사랑스러운 사람. 애정을 듬뿍 받고 컸다고 착각할 정도로 건강한 글을 쓸 수 있는 날이 왔으면 좋겠다.

기약과 희망의 관계성

경찰은 동생이 저녁 여덟 시에 떠난 것으로 추정했다. 그 이야기를 들은 후 한동안 전과 같은 여덟 시를 맞이할 수 없었다. 공교롭게도 그 시각 나는 막내와 함께 영화관에서 영화를 봤고, 그건 휴대폰을 꺼 뒀다는 얘기임과 동시에 전원을 꺼 둔 몇 시간 동안 혹시 전화가 왔을지도 모른다는 의미였다. 찾아보니 통신사를 통해 발신 기록을 따로 뽑는 방법이 있는 듯했다. 그렇지만 뒤늦게 알게 된다고 사라진 번호에 전화를 다시 걸 수 없을뿐더러 만일 나에게 연락했다는 사실을 알게 되면 받지 못했다는 극심한 죄책감에 시달릴 것이 그려져 포기했다. 살아생전 동생이 남기고 싶어 한 이야기나 심정이 담긴 기록이라면 무엇이든 찾을 용의가 있었지만 나에게 온 부재중 전화는 차마 확인할 용기가 나지 않았다.

이후 메시지는 미리 보기로 엿본 뒤 무시해도 전화는 꼬박꼬박 받는 사람이 됐다. 숨고 싶은데 전화가 오면 억지로 대화해야 하니 짜증이 늘었다. 나를 걱정하는 친구의 목소리를 들으면서도 너는 내 심정을 모르는데 어떤 위로를 할 수 있겠냐고 물었다. 따로 할 말을 찾지 못해 그저 울기만 하는 친구에게는 네가 무엇이 미안한지 캐물었다. 이대로 삐딱하게 응수할 거라면 차라리 전화를 받지 않는 것이 나았다. 그럼에도 전원이 꺼졌을 때 왔을지 모를 전화 한 통을 상상하면 나에게 오는 전화가 그들의 마지막 목소리일 수도 있겠다는 불안한 마음에 휩쓸려 받고 싶지 않은 전화를 꾸역꾸역 받았다. 사람과 주고받는 모든 대화가 마지막처럼 느껴졌다. 상대가 마음에 들지 않는 태도를 보이면 이 친구와 주고받는 시간과 감정이 아깝다며 번호를 차단했다. 속상한 이유를 천천히 밝히고 시간에 몸을 맡긴 뒤 느리게 감정을 해소하면 될 텐데, 지금 나누는 대화가 마지막이라는 생각이 들면 한가롭게 기다릴 마음이 생기지 않았다. 그렇게 동생을 잃은 해에 네 번의 절교를 감행했다.

동생의 첫 번째 기일, 동생 친구들에게서 연락이 왔다. 육지에서 비행기를 타고 내려와 동생의 묘를 방문했는데, 일정이 맞지 않아 같이 오지 못한 친구에게 보여 주려고 편지를 불에 태우고 하고 싶은 이야기를 하는 등 짧은 영상을 제작했으니 혹시 볼 의향이 있으면 보내 주겠다고 했다. 답장은 할 수 있었지만 도무지 볼 마음이 생기지 않았다. 동생이 생을 등진 방법과 사진과 얼굴을 모두 확인했지만 아직도 나는 동생이 어디선가 여행을 즐기고 있으리라는 착각에 빠져서 동생이 세상을 떠났다는 사실을 완벽하게 인지하지 못했다.

예의 담긴 말투라면 거절하지 못하는 성향이지만, 이번에는 나도 모르게 답장을 보내고 있었다. 죄송하지만 볼 힘이 없어요. 어이없는 얘기일지 모르겠지만 저는 아직도 동생이 떠난 게 믿기지 않아 산소에 못 가거든요. 언젠가 볼 힘이 생기면 다시 연락하겠다는 마음은 속으로 읊조렸다. 어떻게 이런 답장을 보낼 수 있었는지 스스로 물어보니 마음속에 앉아 있던 내가 나에게 똑똑히 답했다. 네 마음을 무너져 내리게 할 것 같은 건 내가 못 보게 막고 있어. 나는 실제로 많은 것을 미뤘고 미루고 미루다가도 영영 맞이하지 못할 무엇들은 마음의 평화를 위해 삭제했지. 가령 휴대폰 발신 기록을 보지 않은 것, 동생의 일거수일투족이 담긴 트위터 계정을 지운 것, 동생의 일기장을 태운 것, 동생이 써 둔 웹 소설이 담긴 USB를 고민 끝에 버린 것처럼 말이야.

더는 살 희망과 재미가 없다며 끝을 고민했지만 행복을 놓치지 않을 미래의 나를 기약하고 기대하며 안전한 방어기제를 만들었다. 죄책감을 느끼지 않고 통화를 점점 미루는 모습도 보였다. 지금 받으면 분명 짜증을 낼 테니 원활한 관계를 위해 조금 쉬었다가 전화를 걸어도 괜찮다는 안도를 느꼈다.

부와 명예를 가진 사람은 신년 계획을 세우고 촘촘하게 짜인 계획을 이행하는 완벽한 계획파라고들 하지만, 할 일을 미루는 사람은 나태하다는 잔소리를 들을 가능성이 높지만, 지금 나는 미루는 데서 더 큰 용기를 얻는다. '미루기'라는 미학을 샅샅이 뜯어보면, 내일과 내년이라는 미래가 있음을 확신하는 사람이 내리는 결정이기 때문에. 내일 해도 좋고 모레 해도 개의치 않을 만큼 여유로운 태도를 지닌 사람이기 때문에. 언제든 바꿀 수 있고 언제든 시작할 수 있다는 자연스러운 희망이 묻어난 심리이기 때문에. 그래서 나는 나를 위해 미루고 때로는 숨긴다. 오늘이 마지막이라고 애를 태우며 보기 싫은 것을 보고 듣기 싫은 것을 듣고 모든 일에 열정을 쏟아붓는 데 질렸다. 휴식을 취하며 힘이 충전될 때까지, 시간이 흘러 조금 더 이성을 차리고 객관적으로 사건을 바라볼 수 있을 때까지 기다린다.

나약해질 때를 위한 계단

동생의 기일을 하루 앞두고 사정을 아는 직장 동료가 물었다.

"내일이죠? 음식 준비하겠네요?"

고개를 저으며 답했다.

"엄마랑 아빠만 하실 것 같아요."

튀어나온 본심에 당황하던 찰나, 의문스러운 표정을 짓는 상사를 뒤로할 수 없어 말을 이었다. 이왕 나온 본심, 갈 대로 가라는 식이었다.

"사실⋯ 맞닥뜨리기 힘들어서요. 일찍 가서 음식 준비하기가 어려워서."

기일을 챙기고 싶지 않은 솔직한 마음은 차마 내보일 수 없어 삼켰다. 동생이 좋아하던 음식을 떠올리고 싶지 않았다. 굳이 떠올려서 그 음식을 정성스럽게 만드는 것은 더더욱 하고 싶지 않았다. 롤케이크는 기본이 좋으려나 딸기 맛이 좋으려나 고민하는 엄마에게 "엄마 먹고 싶은 거 사"라고 퉁명스럽게 답한 이유이기도 했다. 영정 사진을 걸어 놓고 음식을 준비한다고 해서 죽은 사람이 찾아와 먹는다는 보장이 어디 있냐는 근본적인 의문이 들었다. 동생의 제사에 예를 갖춰 고개 숙여 절을 하고 싶은 생각이 없었다. 마음 같아서는 기일을 아예 건너뛰고 싶었다. 이왕 챙길 거라면 기일보다는 생일이 낫지 않나. 일기장에 적힌 메모로 비춰 보건대 동생은 날을 계획하기보다 충동적인 감정에 휩쓸려 떠났고, 생일은 인연을 안고 태어날 때부터 만들어져 지금까지 챙겨 오던 날이다. 할머니 제사 때는 고민하지 않던 원천적인 물음이 꼬리를 물고 따라왔다.

내일이 그려진다. 애써 덤덤한 표정을 짓는 막내와 가슴을 두드리며 오열하는 엄마, 그런 엄마를 보며 그렁그렁한 눈으로 눈물을 훔치는 아빠까지. 상상만 해도 심장이 조여 올 만큼 답답하다. 안 봐도 그려지는 장면을 직접 맞닥뜨려야 하는 예정된 현실이 괴롭다.

그러나 나는 가족이고 언니이며 내일은 동생의 첫 번째 기일이므로 참여해야 한다. 약속된 날을 위해 연차까지 써 뒀지만 전날까지 도망가고 싶은 마음과 싸우고 있다. 동생의 기일을 맞는 것은 처음이지만, 돌이켜 보면 이런 고민을 한 것이 처음은 아니다. 예정된 불행을 마주치고 싶지 않아 전날까지 고민하면서 도망칠 경우와 맞닥뜨릴 경우의 시나리오를 촘촘히 짜는 일.

직장 내 괴롭힘에 시달려 회사를 엎어 버린 날에는 사직서를 제출하지 않아 한참을 고민했다. 문자로 그만둔다고 통보하고 싶었지만 직접 사직서를 내는 것이 이로우리라는 사회 선배의 충고에 눈물을 삼키며 밤을 새우고 회사에 갔다. 나를 괴롭히지 않은 다른 상사는 내가 직접 사직서를 건넬지 몰랐다며 용기를 칭찬했다.

살며 가장 오래 만난 연인과 얼굴을 보고 이별하자고 약속한 날에도 전날까지 도망쳐야 하는지, 직접 마주 봐야 하는지 궁리했다. 만나서 이별하는 쪽이 쌓아 올린 관계를 마무리하기에 좋다는 것은 알지만, 그건 상황과 관계없는 주변인으로

서 위로할 때나 가능한 조언이었다. 주인공으로 임할 때는 상황이 달랐다. 무릎을 꿇고 돌아와 달라고 해도 돌아오지 않을 만큼 차가운 연인의 얼굴을 보고 싶지 않아 전날 약속을 취소했다. 결국 평범한 데이트를 마지막으로 한 번도 만난 적이 없다. 몇 년이 흐른 지금도 불쑥 튀어나오는 미련에 놀라는 모습을 보면 그때 만나 관계를 끝맺는 것이 나았으리라는 후회가 든다(사람은 해 보지 않은 것을 후회하는 존재라니까 막상 만나면 역시 만나지 않는 편이 좋았으리라는 얘기를 했겠지만). 경험상 대체로 두렵더라도 만날까 말까 고민될 때는 만나서 매듭을 짓는 것이 오래 후회하지 않는 방법 중 하나다.

궁극적으로 나는 눈을 감은 동생의 얼굴을 피하지 않고 본 것이 잘한 일이라고 생각한다. 두려워서 대면을 피했다면 동생이 어디엔가 살아 있으리라는, 어쩌면 독일에서 연인과 함께 데이트를 하고 있을지 모른다는 허황된 망상에 빠져 있을지 모르니까. 얼굴을 마주 보고 영영 안녕을 고하지 못했을지 모르니까. 동생은 세상을 떠났고 나는 떠난 동생을 보낸 뒤의 삶을 살고 있다. 그 사실을 인지하기 싫어도 인지하려 노력한다.

그러나 1년이 흐른 지금, 슬프게도 동생의 얼굴을 똑똑히 봤음에도 그 인지가 차차 옅어졌다. 동생이 방학을 맞아 곧 나를 만나러 올 것 같다는 이상한 의심이 든다. 갑자기 연락이 와서 과제와 자기소개서를 봐 달라며, 어쩜 언니는 그렇게 대단하냐며 하트를 내뿜는 토끼 이모티콘을 보낼지 모른다는 상상이 피어오른다. 말도 안 된다는 것을 아는데, 해가 지고 달이 흐린 어느 밤에는 그 꿈이 현실이고 현실이 꿈이라는 혼란 때문에 기일을 맞아 상을 올리고 절을 하며 동생이 떠났음을 다시 또렷하게 인지해야 한다. 과거에 얽매이지 않고 현재를 살기 위해서는 지금 상황을 명징하게 직시해야 하므로.

그런데 이것도 제삼자 관점에서나 가능한 조언이다. 주인공으로서의 나는 다시 전날이라는 시각에서 혼란스러운 감정을 그대로 겪고 있다. 다만 그리 멀지 않게 도망가기 위해서는, 제자리로 무사히 돌아오기 위해서는 동생이 떠났음을 알아차리고 엄마와 아빠의 바람대로 예를 갖춰야 하므로 천재지변이 일어나지 않는 이상 나는 내일 본가에 도착할 것이다. 전을 부치고 과일을 씻고 초를 켤 것이다. 통곡하는 엄마와 아빠의 목소리를 차례로 들을 것이다.

더욱 강해지고 단단해지려 노력하지만 아직 나약해서, 궁리 끝에 기일인 내일을 무사히 맞을 방법을 찾았다. 집과 거리가 먼 동네에서 애정하는 친구를 만나 아무 일 없다는 듯 수다를 떨기로 했다. 전날부터 음식을 준비하는 엄마를 돕지 않는 불효녀가 되는 일이라는 것을 알지만, 나를 지키기 위해서는 어쩔 수 없다. 친구는 약속 날짜가 내 동생의 기일이라는 사실을 꿈에도 모를 것이다. 그리고 나 역시 제사를 치러야 하는 내일 밤까지 동생의 기일을 잊을 예정이다. 어차피 마주해야 할 시간을 덜 아프게 겪기 위해서는 좋아하는 일을 찾아 힘을 비축하는 것이 아픈 장면을 견딜 소소한 방법이다.

한참을 고민했는데 막상 내일이 되면 별것 아니네 싶을 수 있다. 상담 선생님은 첫 번째 기일이 가장 힘들 것이라는 얘기를 1년 전부터 해 왔지만, 막상 겪어 보면 나름 괜찮을 수 있다. 물론 그럴 수 있으면 더할 나위 없이 좋겠지만 그렇지 않을 수도 있으니 나약해질 나를 위한 계단을 작게 쌓아 올린다. 감정의 폭이 널뛰지 않도록 거리를 좁혀 주는 계단. 무기력과 불안에 사로잡힐 때도 그 계단은 힘을 발휘한다. 위태로운 아래를 보지 않고도 천천히 오르내릴 수 있도록 만들어졌으므로. 아끼는 사람들의 손이 자주 닿은 계단일수록 몇백 번을 밟아도 끄떡없다. 경험상 애정하는 사람에게 먼저 손을 건네는 것도 계단을 짓는 데 훌륭한 재료다. 나는 그 계단을 지르밟고 아픈 어린 날로 향한다. 겁나지만 외롭지는 않다.

너무 커다란 진심 대신

인간은 망각의 동물이라지만 어떤 생각은 잊으려 해도 꼿꼿하게 살아남아 머리를 비집고 자리를 잡는다. 나는 그중 하나가 더 나은 미래를 만들고 싶다는 열망이라 생각하는데, 우리는 지금에 집중해야 마음이 편해진다는 사실을 알면서도 언제나 훗날을 대비한다. 이 길로 가면 미래의 내가 조금 더 좋아하는 일을 하며 즐거워할 수 있을지 고민하고, 이 길을 피하면 미래의 내가 조금 더 불편한 일을 하지 않고 좋아하는 일을 찾을 수 있을지 걱정한다. 사서 하는 걱정은 모두 짊어지는 나 역시 당연히 미래에 대한 불안감이 크다. 불안이 너무 커서 모든 일에 더 진심으로 임해야겠다는 마음이 들 때, 나는 도리어 한 발짝 멀어지는 쪽을 고른다.

완전히 지쳐 어떤 일을 잡지 못한 적이 있었다. 생업으로 고른 마케팅은 물론, 책 한 권 분량의 원고를 끝내니 하고 싶은 이야기는 다 내뱉었으므로 더는 쓸 힘이 남지 않았다. 더 많은 노력을 들여 과도기를 넘으면 더 좋은 곳으로 간다지만 애초에 노력하고 싶지 않았고, 노력할 힘도 남아 있지 않았다. 친구와 관심사의 교집합을 찾아 얘기를 나누는 시간도 모두 일의 연장선처럼 느껴졌다. 비단 일에만 찾아온 번아웃은 아니었다. 신기한 증상은 바로 다음에 나타났는데, 성과를 이뤄도 크게 기쁘지 않고 슬픈 일을 겪어도 좀처럼 좌절하지 않았다. 찾아오는 작은 감정을 반갑게 맞이해 하나하나 뜯어 볼 여유가 없었다. 회색 도시의 일원 중 한 명이 된 듯한 기분이었다.

일과 무관한 취미를 찾으면 색채가 입혀지리라는 기대로 여러 취미 활동을 기웃거렸다. 프랑스에 사는 유명한 그림 작가의 온라인 강의를 신청했고, 애니메이션을 만드는 모션그래픽 학원에 등록했다. 작품을 완성하겠다는 마음은 먹지 않았는데 쓸데없는 일도 직업으로 발전시킬 수 있는 시대여서 선생님들은 조금만, 조금만 더 해 보라고 독려했다. 여기서

한 발짝, 두 발짝 나아가면 돈까지 벌 수 있다고 했다. 과제는 늘어났고 어깨는 따라서 무거워졌다. 결국 나는 마땅한 사유를 얘기하지 않고 환불받았다.

　터덜터덜 집에 도착해 불도 켜지 않고 침대에 누워 버린 어둑한 저녁, 불현듯 지긋지긋하게 여기던 피아노가 떠올랐다. 너무 싫어 그만둔 장르에 다시 도전하면 어떨지 궁금한 마음이 앞섰다. 상체를 벌떡 일으켜 집 근처 피아노 학원에 전화를 걸었다. "저는 공연을 준비하는 것도 아니고, 피아니스트가 될 마음도 없고, 대학에 진학할 마음도 없어요. 그냥 피아노를 다시 배워 보고 싶어요." 수화기 너머로 의문스러운 목소리가 들렸다. "그러니까, 성인 취미반 말씀이시죠?" 나는 여러 번 "네, 네!" 하고 대답했다. 진짜 취미반이요. 취미를 돈으로 만드는 것 말고, 취미를 직업으로 만드는 것 말고요. 진짜 아무것도 기대하지 않는 취미요. 피아노 학원의 주요 고객인 초등학생들이 학교에 가 수업을 들을 평일 아침부터 피아노 학원으로 달려갔다. 건반을 하나씩 누른 뒤 손등이 부르틀 정도로 맞으며 배웠던 쇼팽 에튀드를 복기했다. 더듬더듬 누르는 건반이 꽤 비슷한 소리를 냈다.

나를 잊고 꼬박 한 달을 피아노에 매진했다. 나는 몇 살인지, 이 나이에 사회에서 요구하는 책임은 무엇인지, 내가 공부한 전공은 무엇인지, 그 전공과 관련된 지식은 무엇이며 사회생활을 할 때 상사를 어떻게 대해야 하는지에 관련된 사소한 정보도 모두 접고 열 살로 돌아간 듯한 마음으로 피아노만 쳤다. 다가온 채용 시즌에 걸맞은 자기소개서를 쓰고 면접을 준비해야 했지만 어른이 짊어져야 할 짐은 아무것도 모른다는 듯 피아노만 쳤다. 현실과는 점점 멀어졌지만 이상하게 현실에 발을 붙일 힘은 늘어났다. 관객 없는 무대에서 준비하지 않아도 될 분야를 모든 힘과 시간을 다해 대비한다는 것은 예상보다 커다란 힘이 되어 줬다.

네가 지금 피아노를 칠 때 나는 소리가 들리는 것 같았지만 상관없었다. 나는 살아 있었고, 지금 피아노를 치고 있으며, 건반은 눌러지는 대로 정직하게 소리를 뱉었다. 연인은 없고 친구와는 멀어졌고 취업과는 동떨어진 어느 겨울날, 그에 맞게 추운 집에 돌아와 생각했다. 이렇게 재밌는 피아노를 어릴 때는 왜 싫어했을까? 건반이 왜 돌덩이를 누르는 것처럼 무거웠을까? 아마 너무 커다란 진심을 다해 피아노를 대해서가 아니었을까. 쓸데없는 일을 쓸데 있는 일로 만들겠다는 책임감, 이만큼 노력했으니 그 정도 성취는 이뤄야 하지 않겠냐는 기대, 그 기대가 저물었을 때의 실망이 쌓여 온 마음으로 건반을 누르던 열 살의 나는 울며 엄마를 찾아가 피아노를 그만두겠다고 말했다.

열 살의 내가 피아노를 치던 마음처럼, 어른이 된 나는 온 마음을 다해 마케팅과 글이라는 분야를 대하고 있었다. 이만큼이나 했으니 당연히 유명한 기업의 정규직이 되어야 하고, 종합 주간 순위에 드는 베스트셀러를 써야 한다는 기대를 안고 트렌드와 에세이를 읽었다. 그러니 점점 멀어지는 것이 당연했다. 지치는 것이 당연했다. 친한 지인에게도 지나치게 커다란 진심은 부담으로 작용할 수 있듯 일도 너무 커다란 진심으로 대하면 쉽게 지친다는 사실을 배웠다. 세상은 자꾸 진심으로 일과 삶을 대하라고 해서 그렇게 했을 뿐인데, 부작용은 아무도 알려 주지 않았다. 좋아서 무작정 시작한 일의 효용을 따지게 된다는 부작용 같은 것.

이후 나는 너무 큰 진심으로 무언가를 대할 때마다 한 발짝 가까워지기보다 멀어지는 쪽을 고른다. 절박한 마음으로 스스로를 채찍질하지 않으려고 억지로 쓸데없는 일을 고른다. 피아노는 한 달을 하고 그만뒀다. 선생님이 더 어려운 악보를 꺼내며 대회에 도전하면 어떻겠냐고 제안했기 때문이었다.

아이로의 여행을 끝내고 어른의 삶으로 돌아온 나는 조금 더 씩씩하게, 조금 덜 간절하게, 조금 더 거리를 두고 일에 임했다. 굳이 색을 칠하려 하지 않았는데, 어느새 나는 알록달록한 모습으로 즐겁게 친구를 만나고 있었다. 요즘에는 다시 온 진심으로 글을 마주하는 것 같아 마음을 다잡으려 기억을 더듬었다. 당신에게도, 나에게도 너무 커다란 진심은 무겁다. 우리는 타인에게 피해를 입히지 않을 정도의 책임만 가지면 충분하다. 전부가 되지 않음으로써 커지는 사랑이 있다. 진심이라는 독기를 뺀 마음이 필요하다. 마음이 저절로 서성이게끔 만들도록 공간을 비우는 작업이 필요하다.

인연의 유효기간

　　　　마이크 쥐는 일을 즐거워해 전국 말하기 대회까지
나간 내가 대인기피증을 앓는다. 사람과의 만남이 설레기보
다 부담으로 다가왔을 때 평소와 다르다는 느낌을 알아차렸
다. 또 보자는 말이 거짓으로 튀어나왔을 때와 친한 친구가
속으로 나를 미워할지 모른다는 근거 없는 망상에 다다랐을
때, 지금은 사람을 만나기보다 피하는 쪽이 힘을 모으기 좋
겠다는 결론이 나왔다. 서울에서의 삶을 정리하며 그때까지
만 해도 살아 있던 동생에게 먼저 본가로 가겠다고 얘기했다.
"너도 힘들 때는 언제든지 내려와도 돼"라는 말을 해야 했는
데, 귀찮아서 그런 간단한 말도 없이 짐을 정리하며 몇 권의

책을 동생 집으로 부쳤다. 내가 고향에 가면 걔도 언니와 같은 선택지가 있다고 혼자 생각하겠거니 했다. 자취방에 홀로 가만히 누워 있으면 못다 한 말이 괜히 떠오른다. 같이 내려가자는 마음에 없는 말이라도 해 볼걸 그랬다고.

제주에 온 지 한 달 만에 동생은 인사 없이 세상을 떠났다. 이윽고 같은 방법으로 친구가 동생을 따라 떠났으며 도저히 이해해 줄 수 없는 말실수로 몇 명의 지인과 자발적으로 인연을 끊었다. 어렵사리 이어 온 연이 한순간 끊어진다는 사실이 허무했다. 모든 인연에 유효기간이 생긴 것 같았다. 따뜻한 말 한마디 하지 못하고 매정하게 돌아서는 친구들의 태도에 허탈해서 처음에는 화가 났다. 어떻게 그럴 수 있냐며 소리를 지르고 싶었고 만나서 욕이라도 실컷 해 주고 싶었다. 그러나 날뛸 힘이 없었다. 잦은 이별과 사별을 동시에 겪으니 사람에게 기대하는 바가 사라졌다. 친한 친구에게 생일을 축하한다는 의례 섞인 말도 하고 싶지 않았고 애초에 할 마음도 생기지 않았다. 일일이 그들의 경사를 기념해 선물과 편지를 보내는 일에 관심이 가지 않았다. 모든 일이 부질없다고 생각하면 정말 그렇게 느껴진다는 사실을 모르고 그저 부질없다고 여겼다. 제주로 숨어 버린 나에게 안부를 묻는 친구 몇 명이 있었지만 그들도 어차피 때가 되면 떠나겠거니 생각하자 진심 없이 사랑을 보냈다. 잘 지내, 행복해야 해, 멀리서 응원할게, 좋은 오후 보내. 누군가 나를 툭 치면 그런 말이 나오게끔 영혼 없이 살았다. 사람에게 상처받지 않는 유일한 방법은 추억을 쌓지 않는 것 아닐까. 무감해져서 애초에 정들지 않도록 거리를 두면 이별의 순간에도 덤덤할 것 같았다.

　그러나 다정한 사람들은 기어코 나를 찾았다. 생계를 유지하기 위해 억지로 연을 이은 회사 동료마저 애정을 건넸다. 동생의 부고에 마음 아파하고, 출근하지 않은 일수를 계산하지 않고 월급을 줬으며, 금세 멍해져 연달아 실수하는 나를 질책하지 않았다. 어떤 동료는 첫 책을 다섯 권이나 사서 지인들에게 돌렸다. 어차피 끊길 인연에 이별을 고려하지 않고 친절과 사랑을 건넸다. 끝을 상상하지 않고 베푸는 미련한 친절이 어이없고 웃겨서 자주 눈물을 참았다. 왜 이 사람들은 나와 헤어질 거라고 생각하지 않는 것일까. 회사를 그만두고 서울로 떠나면 사이가 뜸해질 텐데, 왜 다시 만나 웃을 수 있다는 확신을 담아 긍정하는 것일까. 모든 게 궁금했으나 예의를 차려 물어볼 힘이 없어서 그저 주는 내로 받았다.

말하기 대회에서 그런 연설을 했다. "좋아하는 게 없는 사람은 없습니다. 아직 찾지 못했을 뿐이에요." 섬뿐만 아니라 세상에서 고립되고 싶은 욕구가 들 때면 생기 있게 연설하던 내 모습을 찾아봤다. 사회의 말을 들어 보면 시간이 지닌 힘 덕분에 점점 나아진다던데, 그게 사실이라면 나는 흐름을 거스르는 사람 같았다. 과거가 더 멋져 보였다. 미래의 나는 과거의 나를 선배로 대했다. 선배, 정말이죠. 좋아하는 게 없는 사람은 없는 거죠. 아직 못 찾았을 뿐이죠.

뜬금없이 좋아하는 것을 하나씩 떠올리며 적어 봤다. 나를 속속들이 아니까 금세 생각날 줄 알았지만, 꽤 오래 걸렸다. 좋아하는 것이 생겨 봤자 인생에 무슨 소용이냐는 물음에 괴로워했으므로. 나는 노란 조명 아래서 류이치 사카모토 음악과 함께 읽는 에세이, 저마다의 슬픔을 헤쳐 나가는 과정이 쓰인 소설, 나무 향이 나는 향초와 가로등처럼 생긴 따뜻한 캔들 워머, 공기 정화에 좋다는 커다랗고 높은 아레카야자, 잠들기 전 뿌리는 필로 미스트, 누르면 보글보글 소리가 나는 푹신한 무접점 키보드를 좋아했다. 곰곰 돌이켜 보니 내가 좋아하는 것들은 언젠가 나를 떠날 것이었다. 키보드는 고장 나고 필로 미스트는 동나고 향초의 향은 떨어진다. 그러나 나는 그들과의 끝을 떠올리지 않고 현재로서 그들을 좋아했다. 나조차 마지막을 떠올리지 않고 무언가를 들이고 사랑하는 구석이 있구나. 물론 나에게 사랑을 주는 이들은 애정이 사람을 향했고 나는 사물을 향했다는 차이가 있지만.

끝을 떠올리지 않고 무언가를 좋아하는 현재의 모습을 짚자 사물에만 고정되던 시선이 가치로 향했다. 번거로움을 헤치고 섬세하게 신경 쓰는 배려, 소중한 시간을 조금 더 쓰더라도 상대를 걱정하는 마음, 고르고 고른 애정 어린 말들. 나는 그것에 보답하지 않으면 미안해서 신경이 쓰였는데, 새로 만난 주변 사람들은 과감히 그런 애정을 줬다. 그들은 베풀고 베풀다가 자신의 사랑이 동날 수 있다는 사실을, 때로 인연은 한순간 멀어지고 세상에서 영원히 볼 수 없는 쪽으로 향한다는 것을 깜빡 잊은 듯 애정을 베풀었다. 수혜자가 된 나는 점점 이상해졌다. 그들을 닮아 함께 사랑이 차올라 버린 것이다. 다정한 시선이 부담스러워 도망치던 나에게 사회생활 때문에 억지로 받아 든 사랑이 차츰 스며들었다. 이윽고 고맙다는 사무적인 감사에 조금씩 진심이 담겼다. 비로소 친구의 생일을 축하하고 그가 좋아할 만한 선물을 고를 힘이 생겼다.

동생과 사별하기 전 비슷한 위기가 있었다. 단짝과의 숱한 절교와 연인과의 이별을 맞닥뜨리고 관계의 덧없음을 익히던 때, 지금과 결이 다른 다짐을 했다. 나를 위해 진심을 다할 거야. 만났을 때 더 잘해 주는 쪽이 헤어져도 미련 없다는 말도 있으니까. 나를 위해 사람들에게 잘했다. 내가 당신보다 더 잘했으니 우리가 헤어지면 피해 보는 것은 네 쪽이라고. 인연을 대하는 태도가 그리 흘러갔으니 빠르게 소진됐다. 누군가와 인연이 끊어질 때마다 의기양양해졌지만 오래가지 않았다. 혼자 싸우고 심판하는 놀이를 한 듯한 기분이었다. 연인에게 진심을 전부 바쳤으니 시간이 흐르면 이른 새벽에 자냐는 물음이나 늦은 용서가 돌아올 줄 알았는데, 그렇지 않았다. 허무를 느끼는 것은 지금이나 그때나 마찬가지였다. 심지어 그때는 진심이 없는 이에게 시간과 열정을 쏟았으니 지치기까지 했다.

이제는 진심을 건네고 싶지 않은 사람에게 마음을 내보이지 않는다. 진심을 다하고 싶은 사람에게 사랑을 주는 것만으로도 힘이 부족해서다. 사람이 쓸 수 있는 애정은 무제한일 수 없다고 생각한다. 한 가지 방법을 제외하고. 단순히 주는 애정이 아닌, 주고받아 베푸는 애정은 끝없이 이어진다. 건네는 사랑을 받고 그 사랑을 전하는 방식은 들어오는 사랑이 있어 충분히 할 만한 일이다. 물론 인연은 언젠가 결말이 난다. 우리는 살면서 사랑하는 사람을 꾸준히 보내고 사랑하는 물건을 잃거나 버린다. 그러나 여전히 세상에 서 있는 사람들은 우리에게 사랑을 건넨다. 사랑이 여기 또 있지 않냐며. 사람은 가도 사랑은 남는다. 사랑은 돌고 돌아 다시 돌아오기에 결코 허무하지 않다. 모든 인연에는 어차피 유효기간이 있으니 만남 자체가 허무하다는 당신에게 끝없는 사랑을 베푼다. 내 사랑이 여기 적혀 있다. 담겨 있다. 쓰여 있다. 당신은 당신도 모르는 사이에 내 사랑을 흡수한다. 내가 세상과의 연이 끊겨 떠난대도 지금 건넨 나의 사랑은 당신의 기억 속에 오랫동안 머무른다. 당신이 나에게 내준 시간과 우리가 이곳에서 주고받은 온기는 고스란히 이어진다.

불행 배틀을 나온 뒤

저는요. 작년에 정신과에 입원을 했고 눈을 뜨면 삶을 끝
내고 싶은 충동에 시달려요. 가정 폭력과 학교 폭력을 차
례로 당했고요. 최근에는 빚에 시달리면서 직장에서 따
돌림과 부당 해고를 당했어요. 저보다 힘드신 분 있나요.

커뮤니티를 둘러보던 중 발견한 글 일부다. 누가 여기에
댓글을 달까 싶었지만, 끊임없이 스크롤을 내려도 끝나지 않
을 만큼 많은 이의 댓글이 눈길을 끌었다. 저마다 힘든 상황
을 스스럼없이 밝혔다. 자살 유족은 물론이고 성폭력 피해자
처럼 사회에 크게 덴 사람들이 모여 있었다. 글은 몇 살에 처

음 이런 불행을 당했고, 그 여파로 지금까지 치료받고 있으며, 당최 나아질 기미가 보이지 않는다는 얘기로 도배됐다. 마음 같아서는 여기 있는 삶들을 직접 만나 모두 얘기를 나누고 싶었지만 그럴 수 없었기에 맨 아래 조심스레 댓글을 달았다.

'작성자님, 힘들겠지만 글 지우시는 건 어떨까요.'

보기 싫으면 나가라는 다소 격한 글쓴이의 말에 숨을 고르고 다시 정성스레 답글을 썼다.

'저도 처음에는 저처럼 아픈 사람이 있다면 제 아픔이 가시리라고 생각했어요. 비슷한 이유로 저와 닮은 사람을 찾기 위해 유족 카페에 가입해 수십 번 들락날락했고요. 하지만 점점 그게 아니라는 걸 깨달았습니다. 다른 사람이 아무리 불행하다 하더라도 결국 제 몸이 있는 이상 제 아픔이 가장 무섭잖아요. 세상에 태어나 아프지 않은 사람은 없다고 감히 생각해요. 맞닥뜨린 불행에서 도망칠 수 없다면 바꿀 수 있는 유일한 척도는 마음이 아닐까요. 너무 케케묵은 말이죠. 함께 견뎌 앞으로 좋은 날들 누렸으면 좋겠습니다. 살아 주셔서 많이 고맙습니다.'

답글을 달자 순식간에 글이 지워졌다. 덮어 둔 아픔을 들

쳐내 마주 보고 충분히 슬퍼한 뒤 더 나은 곳으로 가려는 다짐은 좋지만, 불행을 비교하며 누가 나은지 결투하면서 위로받는 것은 모두에게 독이 될 것 같았다. 만일 주변에 불행 배틀을 하려는 사람이 있다면 왜 그러느냐고 질책하기보다 꼭 안아 줬으면 좋겠다. 나는 네가 아니므로 네 아픔을 완벽히 헤아리지는 못하겠지만, 이해하고 싶다고. 넌 혼자가 아니라고.

동생을 잃고 한 달이 되지 않았을 때는 지인들의 걱정 어린 연락을 모두 무시하고 집 밖으로 한 발짝도 나가지 않았다. 하지만 나이가 지긋한 선생님들의 연락을 무시하기엔 마음이 자꾸 밟혀서 어쩔 수 없이 나를 찾는 선생님들께만 억지로 답장했다. 그러던 어느 날, 초등학생 때 철봉을 타다 친해진 교수님께 연락이 왔다. 아침 공기를 맞으며 산책하면 좋을 것 같으니 운동장에서 보자는 내용이었다. 몇 번 만남을 거절했던 터라 연거푸 피하기 죄송해 모자를 눌러쓴 채 털레털레 나갔다. 교수님은 철봉에 매달려 있었다. 한결같이 운동에 열심이셨다. 나를 보고 환하게 웃으며 손을 흔드시는 교수님은 작년에 뵀을 때보다 조금 더 건강해 보였다.

"잘 왔네."

나는 억지로 아무 근심 없다는 천진한 표정을 지었다. 옆 철봉을 몇 번 매만지다 턱걸이에 실패하고는 애꿎은 철봉을 툭툭 찼다. 교수님은 그런 나를 보며 미소를 지으셨다.

"운동장이나 한 바퀴 돌까."

우리는 함께 널따란 운동장을 말없이 빙빙 돌았다. 어색한 분위기를 깨기 위해 먼저 입을 열었다.

"충격적인 소식 전해 놓고 잠적해서 죄송해요."

교수님은 나를 힐끗 쳐다본 뒤 다시 묵묵히 걸었다.

"걸을 수 있다는 건 축복이 아닌가."

너무 당연한 말씀을 천천히 하셔서 어른들이 흔히 하는 위로, 그러니까 산 사람은 살아야 한다는, 남은 사람은 떠난 인연을 잊고 자신의 삶에 몰두해야 한다는, 슬픔은 빠르게 잊고 미래를 향해 달리라는 등의 아무런 도움이 되지 않는 말씀을 하시려나 싶었다. 뾰로통해진 분위기를 느꼈는지 교수님이 갑자기 걸음을 멈추셨다. 그러고는 허리를 굽혀 신발 끈을 묶는 행동을 취했다.

"세 걸음 가면 이렇게 묶고, 또 세 걸음 가면 이렇게 묶었지."

"네?"

"옛날에 말이야. 다리가 안 좋았거든."

절룩거리면 사람들이 쳐다볼까 세 걸음 걸으면 끈을 묶는 척 허리를 굽히며 신발 끈을 만지고 또 만지셨다는 교수님의 말씀이 경이로워 나도 모르게 입을 벌렸다. 주말이면 취미로 수영부터 등산까지 하시는 분의 사연이라 미처 짐작하지 못해서였다. 교수님이 털어놓지 않으셨다면 절대 몰랐을 아픔의 시절을 잠시 상상했다. 몸에 재활 치료를 하듯 마음에도 재활 치료를 한다면 언젠가는 내가 동생을 잃었다는 사실을 아무도 모를 만큼 밝아질 수 있으리라는 생각이 머릿속을 채웠다.

다음 만남을 기약하고 집으로 돌아가는 길에 교수님에게서 메시지가 왔다. 네 컷 만화였다. 한 분야에서 커다란 성공을 이뤘지만, 그만큼이나 커다란 불행을 얻은 사람이 하늘을 보며 절규하는 장면이었다. "어떻게 저에게 이런 일이 생기는 거죠?"라며 소리치는 사람에게 신은 "왜 네게만 그런 일이 일어나지 않을 거라 확신했느냐?"라고 되물었다.

어떤 이유로 불행이 찾아오지 않는다고 굳게 믿었을까. 이미 여러 차례 아픔을 겪었으니 이쯤 되면 액땜을 한 것이 틀림없으므로 미래는 무조건 맑을 것이라고 믿었다. 빚을 지고 고시원에서 살았기 때문에, 라면 하나로 열흘 이상 버텼기 때문에, 아빠와 할머니에게 맞으며 컸으니까, 엄마에게 가스라이팅을 당했으므로, 친구에게 따돌림당하고 스스로를 해하는 위험한 행동으로 사랑을 얻으려는 동생이 있어서 더는 불행이 오지 않으리라고 생각했다. 그러나 아픔은 끊이지 않았다. 앞으로 생을 등진 동생을 가만히 바라보는 것만큼의 고통이 또 찾아올지 장담할 수 없으나, 책을 낸 뒤에도 여러 불행을 맞닥뜨리는 순간이 올 것이 분명하다. 그때마다 왜 나에게 이런 일이 또 일어나는지 절망스럽겠지만, 고통이 너무나 커서 웃음을 고르는 힘이 상실될 수 있겠지만, 적어도 누가 더 힘든지 겨루는 불행 배틀은 하지 않으려 한다. 나아지는 것은 없으므로.

슬픔을 감춰야 강하다고 평가받는 이상한 세상에서 아픔 어린 사연을 비밀리에 나누며 공통분모를 형성하는 든든함은 위로가 될 것이다. 그러나 표현하는 정도가 넘쳐 누가 더 불행한지 평가하고 판단하는 것은 잘못이라고 생각한다. 누가 더 아픈지 나누느라 바빠 징작 어떻게 하면 나은 미래를 만들 수 있겠냐는 개선의 담론을 놓칠 수 있다. 그러니 비교하지 않고 서로의 아픔을 존중하며 애도 기간을 재촉하지 않을수록 각자의 의미를 찾고 진정으로 나아갈 수 있다고.

서점에는 셀 수 없이 많은 책이 들어차 있다. 그중 이 책을 고른 당신은 책장을 들춰 보기 전에 이미 자기 연민이 얼마나 좋지 않은 영향을 미치는지 알고 있었으리라 장담한다. 누군가의 강요로 책을 읽는 것이 아니고서는 눈길이 가는 대로 고른 것일 테니.

그런 당신에게 힘을 보낸다. 우리에게 닥친 풍파는 온몸에 멍을 만들고, 우리는 늘어난 인대로 몇 걸음 걷지 못하고 허리를 굽혀 신발 끈을 만지겠지만, 그간 사람들은 빠른 속도로 지나치고 어떤 이는 쏜살처럼 달려 비교할 수 없을 만큼 거리 차가 나겠지만, 걸어야겠다는 마음만 접지 않는다면 어느새 저만치 도달해 있을 것이다. 지겨움을 뒤로하고 몇 해의 시간이 흐를 만큼 걷고 또 걸으면 훗날에는 강을 헤엄치고 오름에 오르는 경지까지 다다를 수 있다고 생각한다. 커다란 멍이 작은 흉터로 변할 때까지 걷는다. 언젠가 마음껏 뛰어다닐 날을 고대하며 가장 느리게 발을 뗀다. 꼴찌로 들어갈지언정 끈이 풀릴 일은 없다.

3.

우리는
지금
살고 있군요

위험한 답장

개똥밭에 굴러도 이승이 좋다는 속담은, 저승에 가 보지 않은 사람이 지어낸 말이므로 믿을 구석이 없다고 생각했다.

우리는 세상을 떠난 고인에게 명복을 빈다고, 그곳에서는 편안하시라고 소망을 담아 이야기한다. 저승은 따돌림이 없고, 저들끼리 모여들어 수군대는 사람이 없고, 친숙한 누군가에게 폭력을 당하는 일이 없는 곳 아닐까. 그런 상상을 하면 동생이 향한 곳을 갈망했다. 아픔과 고통 없이 평안과 행복만 있는 세상. 그런 유토피아가 있다면 순간의 극심한 고통을 이겨 내고 향할 수 있을 것 같다는 자신이 생겼다.

퇴근 준비를 하는데 엄마에게서 연락이 왔다. 별일 없으면 집에 와서 반찬과 커피를 조금 가져가라는 내용이었다. 마침 배가 고프고 입맛은 없었으므로 이럴 때는 스트레스를 받는 대도 집밥이 최고라 알겠다고 답장했다. 엄마는 나를 보자마자 당신의 아픔을 신경 쓰지 않는 사람들의 태도에 관해 하나씩 따지기 시작했다. 엄마가 운전하는 차에서부터 시작된 호소는 집에 도착해서도 끊이지 않았고, 도란도란 앉아 저녁을 먹는 막내와 나를 바라보며 작게 읊조렸다. 곧 여동생을 따라가겠다고. 막내가 입대하면 당신의 슬픔을 헤아리지 않은 지인들이 후회하게끔 떠나겠다는 얘기였다. 아무렇지 않게 숟가락을 들고 밥을 삼키는 막내를 보며 얼마나 자주 저런 얘기를 했으면 아무런 충격도 받지 않고 덤덤하게 식사를 할 수 있을까 싶어 기가 찼다. 나도 우선 밥부터 먹자고 수저를 들어 올렸다. 밥그릇을 반쯤 비우고 나서야 배가 찼고 그제야 수면제에 취해 비틀거리는 엄마에게 시선을 돌렸다.

"무슨 말이 가장 듣기 싫은데?"

엄마는 기다렸다는 듯 줄줄이 읊었다.

"남은 자식을 위해 살라는 거, 정신줄 붙잡고 살라는 거, 의지의 문제라는 거, 약을 끊으라는 거, 약 먹으면 미친 사람

취급하는 거…"

　엄마가 듣기 싫어하는 말을 가만히 듣고 있으니 익숙했다. 떠난 동생과 나에게 엄마가 직접 한 말들이었다. 시간이 흐르고 우울증이 얼마나 무서운 병인지 깨닫고 나서 정신과 약을 복용한 후부터 엄마는 우리가 약을 끊지 못한 이유와 숨어서 약을 먹어야 하는 이유를 알아차렸다. 우리 입장이 되고 나서야 그런 답장이 얼마나 위험하고 도움이 되지 않는 말인지 알았다.

　하지만 그런 말은 할 수 없었다. 그거 다 엄마가 우리한테 한 말이네, 그런 말. 정신과에 가면 빨간 줄이 그어지니 되도록 의지를 지니고 참으라는 말과 죽겠다는 말을 진지하게 받아들이지 않고 되레 협박하냐며 화를 내던 모습이 파노라마처럼 머릿속을 지나갔다. 나는 자신을 해하려는 사람에게 빙빙 돌려 말하지 않고 직접 그 단어를 짚으며 묻는 것이 예방 효과가 있다는 이야기를 떠올렸다. 문장에 단어를 담아 미안하지만 그런 생각은 되도록 하지 말라고, 어차피 사람은 백년만년 살 수 없어 훗날 반드시 저승에 가게 될 테니 그때를 기약하며 살라는 답장을 했다. 엄마는 귓등으로도 듣지 않았고 나는 돌아오는 무심한 반응에 내가 지금 말하고 있는 것이 좋은 이야기인지 고민했다.

"살아. 살아 줘. 살아야 해."

"왜?"

그러면 할 말이 없었다. 나는 오랜 시간 집중 교육을 받은 나머지 이해 없이 개념만 암기한 사람처럼 죽겠다는 사람 앞에서 살라는 말만 반복했다. 기저에 깔린 의도를 돌이켜 보니 나의 고통이 우선이었다. 스스로 생을 등진 동생을 떠나보낸 고통이 이렇게 큰데, 뒤를 이어 다른 가족까지 같은 방법으로 떠난다면 제대로 말리지 못했다는 자책감을 느끼고 삶의 덧없음을 또 배우고 같은 아픔의 굴레를 정직하게 밟아야 한다는 두려움에서 기반된 만류였다. "엄마, 살아"라고 답하는 것은 결국 '나에게 고통을 또 주지 마, 제발'이라는 뜻과 비슷했다. 선물을 준비하더라도 내가 원하는 선물이 아닌 상대가 원하는 선물을 줘야 만족감이 크듯, 내가 엄마의 안위를 진심으로 걱정하고 엄마의 상태를 배려한다면 저세상으로 가겠다는 엄마의 뜻을 존중해야 하는 것이 맞지 않냐는 물음이 들자 또다시 길을 잃었다. 엄마가 떠나고 뒤이어 아빠가 떠나고 뒤이어 막내가 떠나는 상상을 구체적으로 그렸다. 형용할 수 없이 커다란 아픔도 미리 구체적으로 대비한다면 같은 상황이 올 때 덜 아플 것 같았다. 내가 여동생의 죽음을 구체적으로 그려 내 울지 않고 이성을 차려 취조를 받은 것처럼.

수면제가 약효를 발휘하기까지 끊임없이 원통함과 죄책감을 토로하던 엄마의 이야기를 듣고 다음 날에는 10킬로미터를 걸었다. 마음의 정체를 파악하기까지 무작정 걸어 보자는 생각이었다. 일하기도 싫고 지인에게 데이기도 싫고 약이 없으면 잠을 자지 못해 떠나고 싶다 하는 엄마에게 살라고 말하는 행위는 나의 욕심에서 비롯된 것인지 곱씹고 또 곱씹었다.

애월읍 광령리에서 출발한 걸음은 고내리까지 다다랐다. 최근에 눈과 비만 내려 뿌옇던 하늘이 온데간데없이 맑았고 바다는 해에 비쳐 영롱했다. 돌고래 떼가 자주 출몰한다던 애월 어느 바다에서 땡볕을 받으며 한참을 기다리다가 아쉽게 뒤를 돈 기억이 났다. 돌고래 떼를 기다리며 바다를 봤을 때는 아무것도 나타나지 않는 잠잠한 바다가 괜히 미웠는데, 기대 없이 걸음이 향하는 대로 도착한 바다에서는 같은 풍경도 색달랐다. 오랜만에 답답한 느낌 없이 찬찬히 풍경을 감상했다. 쉴 새 없이 반짝이는 바다와 저마다 다른 모양의 구름이 펼쳐진 하늘과 어슬렁거리며 배를 긁는 동네 고양이와 돌담이 둘러진 집을 개조한 책방이 아름다웠다. 휴대폰을 꺼내 사진을 찍으면 배터리가 닳아 전원이 꺼져 집으로 가는 길을 잃을 수 있었지만 고민하지 않고 카메라를 켰다. 눈으로만 담아도 충분한데, 사람들과 함께 꼭 다시 오고 싶다는 마음이 들었다. 내가 여기를 걸어왔는데 말이지, 책방과 고양이와 하늘과 바다가 펼쳐져 있는 거야. 기대도 안 했는데 얼마나 예뻤게. 다음에 올 때는 혼자 오지 말고 좋아하는 사람을 데려와야겠다고 다짐했어. 그게 너야.

하며 엄마를 데려오고 싶었다.

기름때가 낀 앞치마를 벗은 뒤 새로 산 원피스를 입고 들어선 책방에서 딸의 책을 발견하고, 철물점이던 공간을 개조해 목공과 도자를 배울 수 있게 꾸민 공방에서 손재주 없는 둘이 엉망진창으로 만들며 웃는 날이 얼른 왔으면 좋겠다는 바람이 생겼다고. 둘이서 나란히 저승을 바라보지 않고 현실에 발붙여 살길 잘했다는 마음이 바람처럼 지나가 그런 마음이 들었다는 사실에 깜짝 놀라는 순간을 겪고 싶다고.

비록 엄마보다 짧게 살았지만, 엄마가 모르는 세상이 이렇게나 많다고. 우리는 우리 손으로 향초와 인센스 스틱을 만들 수 있고 바다를 보며 빠지고 싶다는 욕구 대신 시를 쓰고 싶다는 바람이 생길 수 있음을 알리고 싶었다. 당신을 괴롭히는 지인과 친척의 사정권에서 벗어나 나를 사랑하고 애정하고 걱정하는 이들의 마음에 기대자고. 기운 차리라며 화를 내고 약을 끊으라며 성을 내는 주변인을 무시하고 이승에서 오로지 우리만의 행복을 안고 웃으며 깔깔대자고. 물론 떠난 동생이 생각나 눈물도 나겠지만 훔치지 않고 마음껏 울음을 터뜨리며 언젠가 때가 되거든 보자고 중얼거리자는 말을 하고 싶었다. 따라가겠다는 말 말고, 적절한 시기가 되어 이승과 약속된 연이 끝나는 날에 동생을 바라보며 그곳에서 재미있게 지내자고.

이승에서의 괴로움에 몰두하지 않고 그 사이사이의 좋은 것을 발견하며 여기서 더 괜찮은 세상을 만들고 떠나면 동생도 기뻐하지 않겠냐는 말이 입안에서 마법처럼 꼬리를 물고 지어지자 한결 가벼운 마음으로 발을 뗄 수 있었다. 살라는 말은 나만을 생각하는 위험한 답장이 아님을. 의지의 문제라며 정신 차리라는 혹독한 이야기는 물론 위험하지만, 당신이 살아서 우리와 함께 아름다운 것을 보면 좋겠다는 말은 위험한 답장이 아님을.

빨간 등대를 만지고 돌아섰다. 살아 달라는 말을 할 것이 분명하지만 이번에는 기쁘게 할 수 있겠다는 기분이 들었다. 살자. 우리 살아서 예쁜 것 보고 경험하고 떠나자. 이제 개똥밭에 굴러도 이승이 좋다는 말이 덜 밉다. 그런데 조금만 바꾸면 어떠려나. 저승도 좋지만 저승과 다른 이승에도 그만의 기쁨이 있음을. 그 기쁨을 모두 누리고 저승으로 떠나는 것은 어떨까 하는. 울다가 지쳐 떠나지 말고. 부디 지치지 말고.

자살이라는 말버릇

언어는 우리의 세계를 이루 표현하고 설명하기에 협소하다고 늘 생각해 왔다. 한국어만 익히고 다른 언어는 잘 몰라 그런 것 같다고 덩달아 생각해 왔다. 비록 하나의 언어만으로 글을 쓰는 사람으로서 단정하기 어렵지만, 아무리 생각해도 언어는 흐르는 사고를 모두 붙잡기에 한정적이다.

그러나 부족할지라도 언어에는 확실히 힘이 있다. 꿈을 이루고 싶으면 우선 세상에 알리라는 유명한 이야기처럼, 생각을 언어로 짚으면 지켜야 할 것 같은 책임감이 생긴다. 이상향을 담은 단어와 단어가 묶여 머릿속을 서시히 채우는 힘이 있어서다. 어떤 표현은 빚을 갚고 어떤 표현은 누군가에게 지우지 못할 상처를 남긴다. 상대의 물음표에 답하는 과정에서 숨겨져 있어 몰랐던 내 생각을 알아차리기도 한다. 이렇듯 언어는 생각을 정의한다.

갑자기 언어의 힘을 운운하는 이유는 유가족이 되고 소스라치게 놀라는 단어가 생겨서다. 자살과 직접적인 관련이 없는 사람이었을 때는 세상에 자살이라는 단어가 이토록 많이 쓰이는지 몰랐다. 부끄럽지만 지금까지 나는 한강 온도를 잰다는 말을 들으며 생각 없이 따라 웃고 넘기는 사람이었다. 자살로 소중한 누군가를 잃고 나서야 스스로 차가운 물에 몸을 담그는 사람을 구체적으로 그리게 됐다. 강과 바다에서 생을 마감한 가족을 보낸 유족들의 울음 섞인 이야기를 들으며 생전 그가 겪었을 무시무시한 좌절과 슬픔을 조금이나마 헤아리게 됐다. 그리고 어쩌면, 그 결정은 조금이라도 따뜻할 때 물에 빠져야 한다는 장난 섞인 말에 영향을 받았을지도 모르겠다는 마음이 들었다. 우리가 웃고 넘기는 이야기가 진지하게 죽음을 고려하는 사람에게 구체적인 방법과 과정을 건네는 쪽으로 해석됐다.

비슷한 결로 '목매다'라는 표현이 있다. 사전에 실린 두 번째 정의로는 '어떤 일이나 사람에게 전적으로 의지하다'라는 속된 뜻인데, 면밀하게 살펴봐야 할 점은 속되게 쓰이는 말이라는 것이다.

그러나 우리는 많은 곳에 목을 맨다. 취업에 목을 매고 인간관계에 목을 매고 아파트와 연애에 목을 맨다. 열과 성을 다한다고, 진심을 건다고 표현할 수 있지만 굳이 목을 맨다는 표현으로 바람을 설명하는 것은 목숨을 걸 만큼 절박하다는 의미로 해석할 수 있다. 그러나 너무 커다란 진심은 도리어 자신을 괴롭힌다. 바라는 물건이나 가치 하나에 몰두하느라 만일 그걸 잃거나 원하던 것을 얻지 못한다면 시간과 정신을 포함한 전부가 사라진다는 잘못된 생각에 이를 위험이 크다. 그래서 나는 좋아하는 일에 목숨을 건다는 이야기를 기꺼워하지 않는다. 일을 사랑하는 열정만으로, 일에 들이는 노력만으로 충분하다. 글을 쓰며 첫 책을 들춰 보니 목매단다는 표현이 당당하게 적혀 있었다. 지면에 인쇄되어 서점에 놓인 터라 주워 담을 수 없어 부끄러웠다. 그뿐만 아니라 그동안 생각 없이 쓴 말이 얼마나 많은 이들에게 상처를 줬을까 싶어 먹먹했다.

자살이라는 말에 매번 깜짝 놀라는 사람이 된 이후 예능

프로그램과 영화에 등장하는 자살의 빈도에 충격을 받는다. 간단한 추리 게임으로 등장하는 자살의 친숙함과 영화에 빈번하게 나오는 자살을 암시하고 행하는 장면에 막내와 나는 소중한 연말을 놓쳤다. 옥상에 올라가 뛰어내릴 준비를 하는 어느 영화 장면에서 막내는 헛구역질을 했다. 나는 얼른 화면을 돌렸다. 높은 곳에 올라가거나 단단한 밧줄을 준비한 뒤 차가운 물에 들어서는 그 모든 장면이 끔찍하게 위태로워 보였다. 떠난 동생은 살아생전 자살을 표현하는 장면을 몇 번이나 봤을까. 단 한 번도 보지 않았다고 말할 수 없다.

유머가 담긴 게시글을 읽었다. 얼굴이 붉어질 정도로 민망한 상황에 놓였을 때 어떤 선택지를 고를 것이냐는 요지의 글이었다. 선택지 중 하나는 자살이었고, 나는 가볍게 쓰인 그 단어를 보며 헛구역질을 했다. 속이 답답했고 머리가 울렸다. 어느 날은 연차를 쓰고 한낮에 카페에 앉아 있는데, 바로 옆에서 두 사람이 휴대폰을 보며 대화하는 소리가 들려왔다. 듣지 않으려 해도 귀가 기우는 큰 목소리여서 뜻하지 않게 엿듣게 됐는데, 얘기로 비춰 보건대 시험이나 기업 입사를 준비하는 사람들 같았다.

"이번에 떨어지면 어떻게 할 거야?"

"죽어야지, 뭐."

워낙 많이 쓰이는 말이라 자연스레 나온 것일 수도, 정말 죽으려는 생각이 조금이라도 있을지도 모른다. 오지랖인 것을 알면서 대화에 끼어들어 말리고 싶었다. 그런 말씀 하지 마시라고, 나를 위해서가 아니라 당신을 위해서.

단순히 유가족의 트라우마를 건드리지 말라는 것이 아니다. 당신을 위해서다. 스스로 생을 끊는 행위가 담긴 말을 자연스럽고 자유롭게 표현하면, 생각을 정의하는 언어의 힘에 이끌려 나도 모르게 생을 등지는 행위가 하나의 선택지로 굳는다. 평소 자살 사고를 느끼지 않았을지라도 죽어야겠다는 말 한마디에 실린 힘이 그를 위태로운 생각으로 이끌 수 있다. 생각 없는 농담을 좋아하는 상대라면 위로를 받아야 할 순간에 "죽겠다며?"라는 반응을 들을지 모른다. 말은 한번 내뱉으면 그 순간부터 주워 담을 수 없으니 자살을 입에 올린 사람과 들은 사람에게는 상황이 좋지 않은 쪽으로 흘러갔을 때 죽어야겠다는 생각의 씨앗이 자라날지 모른다. 무얼 그렇게 진지하게 해석하냐는 비판을 받을지 모르지만, 그런 비판을 감수하고서 하고 싶은 이야기다. 자살을 가벼이 여겨 쉽게 꺼낸 말의 영향으로 행동에 임하는 사람이 없기를 진심 담아 바란다.

자살 생각이 있는데 절대 이야기하지 말라는 것은 아니다. 실제로 세상을 떠난 사람이 생전에 그 단어를 입에 여러 번 올리는 경우를 더러 봤다. 만일 당신이 진지하게 자살을 행동으로 임할 것 같다면 꼭 전문가를 찾아 "자살 생각이 있어요"라고 직접 말하며 왜 생의 끝을 택하고 싶은지 구체적으로 읊었으면 좋겠다. 모든 결과에 이유가 따르지 않는다고 생각해서 마땅한 이유가 부재할 수 있다. 그럼에도 그런 생각을 자꾸 떠올리는 이유에 대한 궁금증으로 천천히 접근하다 보면 생각보다 더 많은 선택지가 있음을 알아차리는 순간이 온다. 무엇보다 동생에게 해 주고 싶은 얘기였다. 너에게는 헤아릴 수 없을 만큼 다양한 선택지가 있어. 좌절에서 벗어나는 방법이 죽음뿐이라는 생각은 잘못된 거야. 너를 괴롭히는 가족이라면 멀어져도 돼. 취업에 번번이 실패해 이 길이 아닌 것 같다면 창업을 하면 되고, 돈을 많이 벌지 못할 것 같은 불안에 시달린다면 적은 돈으로 생활하는 방법을 택한 뒤 미래를 기대하는 방식을 접지 않으면 돼. 이것도 생각의 틀이 협소한 내가 하는 말이니 모두 무시해 버려. 다만 네가 해야 할 일은 꿋꿋하게 살아서 감춰진 너만의 선택지를 발견해 고르는 일이라고.

미디어에서 가감 없이 송출되는 가볍고 숱한 자살을 마주하며 하나의 방법으로 여기지 않기를. 당신에게는 끝을 택하지 않아도 되게 해 주는 더 많은 선택지가 있다. 선택지가 보이지 않는다면 만들면 된다. 만들 힘이 없다면 힘이 저절로 차오를 때를 기다리며 마음껏 쉬어도 된다. 당신에게는 지금 앞에 보이지 않는 선택지를 여유롭게 만들고 고를 능력이 있다고 감히 확신한다.

삶에 애착이 있다는 혼잣말

　　몸이 고될 때마다 의지와 무관하게 내뱉게 되는 말
이 있다. 힘들어, 지쳐, 죽을 것 같아, 그만, 언제 끝나. 야근은
매일인데 일은 당최 엉망이고, 빚은 갚을 날이 막막하고, 기
댔던 우정마저 파탄 났을 때 어떻게 죽는 것이 편하게 죽는
방법인지 농담 삼아 자조하고는 했다. 고통스럽지 않은 방법
은 없었으므로 작은 상처에도 엄살을 부리는 나는 할 수 있는
만큼 견디며 내일을 맞아 보자는 결론을 지었다. 그러나 입을
거쳐 꺼낸 이야기는 그 후에도 무의식적으로 끊임없이 터져
나왔다.

힘들다. 그만두고 싶다. 도망가고 싶다.

전부 끝내고 싶다.

가기 싫은 회사에 출근할 때, 원하지 않는 궂은일을 할 때 힘들고 지친다는 말을 속으로 연거푸 터뜨렸다. 부정적인 말을 많이 하면 생각도 따라 부정적인 쪽으로 향한다는 것을 알고 있어서 억지로 "행복해" "즐거워" 하며 꾸며 내 봤지만 그렇다고 사람이 갑자기 밝아진다거나 옭아매던 힘든 일이 해결되지는 않았다. 힘든 것을 힘들다 말하지 않으면 어떻게 표현하냐는 심술궂은 발상이 들자 긍정적인 생각을 포기하고 힘든 점을 가감 없이 터놓았다. 온갖 한탄과 신음과 하품을 달고 지냈다. 그날 전까지.

회식 날이었다. 애주가로 유명한 상사에게 어떤 후배가 늘 그렇듯 습관적으로 술을 권했는데, 상사는 그제부터 술을 끊었으니 탄산음료를 시키겠다고 완강하게 거절했다. 술을 끊기로 결심한 사람에게 금주 이유를 물으면 대부분 건강검진 후 담당 의사가 금주와 금연을 강력하게 권유했다거나, 몸에 이상 조짐이 생겨 건강을 챙겨야겠다는 다짐이 서시 결정했다고 하던데, 그분은 신기한 답을 했다.

"삶에 애착이 있어서 아무래도 안 되겠더라고요."

혼잣말처럼 낮지만 똑똑하게 읊은 말을 듣고 가장 먼저 든 생각은 멋지다는 것이었다. 저 사람 대단하다. 삶에 애착이 있다는, 자칫 손이 오그라들 만한 말을 사람들 앞에서 떳떳하게 외치다니. 누군가가 멋져 보인다는 것은 내가 그 면을 갖고 싶어 한다는 뜻이므로, 삶을 종료하는 버튼이 있다면 누구보다 빨리 누르고 싶은 나도 어쩌면 삶에 애착이 있다고 얘기하며 몸에 해로운 것들을 거부하고 싶을지 모른다는 생각이 들었다. 비록 사람들 앞에서 삶에 애착이 있다는 말을 당당하게 꺼내기는 아직 부족하지만, 그 얘기를 듣고 멋지다는 생각을 한 이후부터는 힘든 상황에 처할 때마다 고요하게 속삭였다. 나는 삶에 애착이 있으니까 이 정도는 견딜 수 있어. 나는 삶에 애착이 있으니까 이쯤이야 별것 아니지. 나는 삶에 애착이 있으니까 숨 쉬기 어려울 만큼 느리게 지나는 밤도 잠으로 쫓아 버릴 수 있어.

힘들어 죽겠다는 말을 이런 언어로 바꾸자 신기한 일이 벌어졌는데, 삶을 초기화하고 싶은 이유가 조금 더 원하는 모습으로 살고 싶은 마음에서 비롯된 충동임을 깨달았다. 물론 시작하기조차 겁이 난 나머지 완전하게 끝내고 싶다는 욕구가 고개를 드는 날도 있었으나, 대개 더 풍족한 집안에서 태어났다면, 병을 앓지 않고 건강한 정신과 몸으로 태어났다면, 친구들의 애정에 일희일비하지 않고 굳건한 관계를 맺는 학창 시절을 보냈더라면 하는 후회의 감정이 자주 든다는 사실을 알아차렸다. 삶에 애착이 있다는, 듣기 어려운 말을 자주 꺼낸 덕분에 인생을 제대로 걸어 보고 싶다는 희미한 욕망이 일깨워졌다. 나도 그런 말을 지어내고 싶었다. 손과 발이 오그라들 만큼 자주 듣지 못하는 이야기지만 충분히 스스로에게 할 수 있는 말들. 단순히 잘할 수 있으리라는 긍정적인 얘기나 나는 최고라는 암시를 벗어난. 가령, 갑자기 힘이 솟으면 사람들이 보낸 힘이 바다를 건너 도착했다고 중얼거리는 속삭임 말이다.

그럴 때가 있다. 종일 침대에 누워 심한 자책에 시달리는데, 불현듯 바람을 쐬며 탁 트인 풍경을 감상하고 싶다는 욕망이 생기는 순간. 글자라고는 한 줄도 읽히지 않고 평소 잘 보던 영화마저 눈에 들어오지 않아 뚝뚝 끊어 가며 억지로 보다가 노트북을 덮고 누웠는데, 며칠 뒤 문득 지금이라면 결말을 볼 수 있겠다는 희망이 돋아나는 순간. 원래는 그런 순간이 올 때 스스로를 칭찬했다. 충분한 시간을 두고 푹 쉰 덕분에 이제야 슬슬 힘이 차오른 것이라며 행동 때문에 나타난 당연한 결과임을 인지했다.

그러나 삶에 애착이 있다는 말처럼 어찌 보면 당연하고 어찌 보면 당연하지 않은 새로운 말을 주입하니 홀로 있어도 혼자가 아닌 듯한 든든함을 느꼈다. 사랑한다는 친구들의 목소리와 책에 쓰인 힘내라는 응원과 기회를 찾아 열정을 다하라는 영화의 메시지가 비행기와 배와 도로와 숲을 건너 나에게 도달했다는 상상을 하면 기분이 좋아졌다. 덜 외로웠다. 누군가 이 글을 읽고 이런 질문을 하리라는 직감이 든다. 결국 긍정적인 말을 많이 하니 긍정적으로 변화한 것이 아니냐는. 글쎄, 어찌 보면 그렇고 어찌 보면 그렇지 않다. 낙관을 담은 흔하고 평범한 메시지는 사람들이 자주 쓰므로 문장에 담긴 효력이 전부 발휘되지 않는다고 여기기에. 약간의 시간과 노력을 들여 낯설고 흔하지 않은 긍정의 메시지를 탄생시키는 순간 뿌듯함과 더불어 자연스러운 긍정이 샘솟는다는 것을 배웠다. 삶에 애착이 있다는 읊조림처럼 문득 힘이 나 몸을 일으키게 되는 순간, 이전에 받은 사람들의 응원이 지금의 나에게 닿았다는 자신만만한 확신처럼.

언젠가 카페에서 이런 얘기를 엿듣는 행복을 느꼈으면 좋겠다. 술과 담배를 권하는 이에게 나는 삶에 애착이 있다고 말하며 거절하는 사람을 만나는 일. 응원을 전하는 지인에게 "네 메시지가 훗날 무척 힘들 나에게 전달되겠어. 고마워"라고 답하는 것을 엿듣는 일. 손이 조금 오그라들면 어떤가. 내일을 반기는 힘이 생겨났음에 틀림없는데. 모진 세상에서 더욱 힘차게 살고 싶다는 바람이 생겼음에 틀림없는데.

오전에 망했으니
오후에는 덜 망하겠지

　　만회할 수 없을 만큼 엄청나게 망한 기분에 휩싸일 때가 있다. 그 기분은 주로 밤에 찾아와서 이불이 해질 만큼 발로 찬 적이 한두 번이 아닌데, 수습하지 않고 그대로 자라나게 내버려 둔 탓인지 이제는 시간을 불문하고 찾아온다.

　해가 진 시간에 찾아오는 망했다는 조짐은 억지로 잠을 청하면 다음 날 조금이라도 해결되지만, 이른 아침부터 망했다는 예감이 들면 그날 하루는 모조리 포기하게 된다. 출근을 준비하는 순간부터 퇴근 후 잠들 나를 상상하고, 쌓아 온 실력이 모두 운의 힘을 타 이뤄진 신기루 같고, 반짝거리는 사람들 속에서 나는 아무런 빛도 내지 않는 사람 같고, 열심히 해 봤자 잘하지 못할 것이라는 이유 없는 확신이 깃들고. 나는 아무것도 아닌 사람이라며 만나는 이마다 변명하고 싶은 와중에 몸은 찐득하고 무거우며 세수조차 할 마음이 들지 않을 때, 도리어 환호한다.

오전에 망했으니 오후에는 덜 망하겠구나.

하루를 튼튼하게 만드는 좋은 습관은 왜인지 아침부터 시작하는 경우가 많은 듯하다. 모두 잠든 시간 홀로 일찍 일어나 책을 읽거나 독서 모임을 하거나 감정 일기를 쓰거나 달리기를 하며 하루를 맞는 것이 중요하다지만, 그건 매우 희박한 확률로 몸과 마음이 최상의 상태를 유지할 때나 가능한 일이라는 생각이 드는 것은 단순히 내가 비관적이고 염세적이어서일까.

어느 날은 허리가 아파서 서 있는 것만으로 힘들고, 일기를 쓸 거리가 마땅치 않고, 애초에 눈을 뜨는 일 자체가 벅차다. 심지어 해야 할 일과 결심까지 계획했다면 누웠을 때 잠자리에 들기는커녕 스스로를 질책하느라 바쁘다. 역시 못할 줄 알았어. 새벽에 일찍 일어나 외국어를 익히고 운동도 한다고 했으면서 세수조차 못하잖아. 하기로 한 시간이 정확하게 잡혀 있다면 시간과 멀어질수록 애가 탄다. 오늘은 틀렸다며 내일을 기약한다. 다행히 컨디션이 제자리를 찾아 그렇게 돌아온 내일을 가뿐한 몸과 마음으로 시작한다면 더할 나위 없이 좋겠지만, 여전히 내려앉은 기분이 올라올 조짐을 보이지 않을 때 그토록 원하지 않던 망했다는 굴레에 천천히 들어가는 나를 발견한다.

신발장을 열면 너무 가득 차서 채 묶지 못한 쓰레기봉투가 쏟아져 나온 적이 있었다. 발을 잘못 디디면 욱여넣은 쓰레기가 펑 하고 터져서 바닥이 더러워졌다. 어느 날은 바닥에 엎질러진 쓰레기조차 주울 마음이 들지 않았다. 하나씩 모인 하루가 모두 망했다는 기분에 한창 도취할 때였다. 따돌림을 당한 블랙 기업에 입사했을 때부터 인생이 꼬인 것일까, 유년 시절을 따뜻하게 보내지 못했으니 그때부터 꼬인 것일까, 안락한 정규직을 포기하고 계약직을 전전하기 시작했을 때부터 꼬인 것일까. 꼬인 이유를 짚기 위해 거슬러 올라갈수록 내 삶은 태어날 때부터 삐끗했다는 결론에 도달했다.

다가올 신년과 새로운 계절을 무작정 기다린 이유는 망한 기분을 조금이라도 사라지게끔 하기 위해서였다. 분위기를 띄우겠다고 던진 농담이 죄스러웠고 처음 보는 사이에 너무 내밀한 사연을 전해 상대 입장을 고려하지 않았다는 자책감으로 하루를 흘려보냈다. 망친 스케치북은 마음 가는 대로 찢을 수 있지만 마음은 원하는 대로 찢거나 시간을 돌릴 수 없어서 온갖 물건을 손에 들였다. 엉망으로 칠해진 마음에 억지로 새로운 것을 덧입혀야 울퉁불퉁한 마음이 겨우 판판해졌다. 하지만 물건의 도움을 받아 평평해진 마음은 길어야 2주일밖에 가지 않았다. 통 크게 비싸고 좋은 것을 마련한 것도 아니어서 3만 원 이내의 내구성 없는 물건으로 방이 채워졌다. 불현듯 이대로 살아서는 안 된다는 직감이 들었다. 마음도 쓰레기 더미 같은데, 몸도 쓰레기 더미에 함께 묻히게 만들 수는 없었다.

이름 모를 조상이 정해 둔 시간이라는 개념을 내 쪽으로 끌어와 재배치했다. 오전에 태어나고, 오후에 다시 태어나는 식으로. 오전에 동료에게 의례적인 인사도 하고 싶지 않을 만큼 건조해졌다면 시간이 조금 지난 뒤 그런 인사를 했다며 자책하지 말고, 오후에 다시 다정한 안부와 함께 커피를 건네면 되지 않냐는 생각이었다. 언제든 만회할 수 있다는 확신으로. 오전의 나는 아무것도 하고 싶지 않아 침대에 누워 스스로를 질책하며 공상만 했지만, 외양이 비슷한 오후의 내가 오전의 나를 격려하며 그때 하지 못한 일을 대신 해 줄 수 있다고. 나는 다시 태어났기 때문에 키보드에 손을 올려놓는 것도 처음이고 커피를 마시는 것도 처음이고 사람과 대화하는 것도 처음이라는 억지를 부리면 더욱 흥미로워진다. 간단히 정리하자면 마음먹기에 따라 다르다는 얘기로 일축하겠지만, 단순히 마음이나 의지의 문제이니 포기하지 말고 새로 시작하라는 말과는 조금 다르다. 오전에 망한 것은 분명하다. 다만 오후가 오전과 비슷하게 망할 것인지는 확언할 수 없다. 망한 느낌이 드는 오전은 겪고 있지만 오후는 아직 오지 않았으니까. 든든한 오후 후배를 뒀으니 오전의 나는 나를 덜 괴롭히면서 오후의 나를 기대할 수 있다. 그렇게 만들어진 오후의 나는 오전의 내가 보낸 기대감을 업고 '좋아, 내가 대신 해 줄게' 하며 밀린 일을 시작하고 헌 물건을 새 물건으로 반긴다. 분명 어제 본 풍경이지만 지금 나는 다시 태어났으므로 눈앞에 펼쳐진 모든 풍경이 새롭다. 이제 막 태어났는데 말을 빠르게 익힌 덕분에 신기하게 사람들과 소통할 수 있다는 억지 칭찬을 한다. 꽤 효과가 있다. 나를 싫어하느라 허비한 시간은 충분하므로 몇 시간 후 새로 태어난 나는 나를 비하하지 않고 원하는 시간을 만들 수 있다고 암시한다.

친구 몇에게 배신당한 뒤 이제껏 쌓아 올린 내 인간관계는 모조리 망했다는 생각이 들 때가 있었다. 스스로 귀인이 되어 다정함을 베풀겠다고 다짐했지만 예의 없이 나를 이용하고 멋대로 단언하는 사람을 만나면 번호를 바꾸고 주소를 옮기며 신변을 정리해 버릴까 싶었다. 그러면 자정을 맞아 새로 태어난 내가 속삭였다. 그때는 망했는데 지금은 아니야. 내가 앞으로 안 망하도록 도와줄게. 따로 주소를 옮기거나 번호를 바꾸지 않고도 제시간에 맞춰 새로 태어난 후배의 조언 덕분에 움츠렸던 어깨가 조금씩 펴졌다. 망한 상황을 보고 망하지 않았다고 중얼거리는 것은 경험상 큰 힘이 되더라도 오래가지 않았다. 아닌 걸 알고 있으니까. 그러니 그때는 망했다는 사실을 인정하고, 지금부터는 나를 지켜 주는 미래 후배의 용기와 힘과 책임감 덕에 망하지 않으리라는 사실을 기억한다. 망했다는 기분이 더욱 거대하게 느껴질 때는 이른 시일 내에 태어날 내가 얼마나 맑은 사람일지 기대한다.

일어날 때부터 습하고 무거워서 아무것도 하고 싶지 않은데, 그렇다고 정말 아무것도 안 하기에는 찝찝한 날. 말 한마디 하는 일조차 힘에 겨웠으니 곧 새롭게 태어날 나는 얼마나 튼튼하고 힘이 나려나 기대한다. 무언가를 바라고 소망하는 일이 현실에 부딪혀 점차 사라지고 있을 때 내가 내 미래를 기쁘게 기다린다는 사실만으로 힘이 난다. 실은 그 힘이 새롭게 태어날 원동력이다. 새롭게 태어날 널 기다리는 중이라는 선배의 응원. 이 글은 이제 막 태어난 후배가 마무리했다.

그리 멀지 않은 도망

비바람이 세차게 불어 내 마음도 따라서 이리저리 휘날렸다. 옆으로 튀는 빗줄기를 막지 못해 우산을 써도 번번이 생쥐 꼴이 되는 구름 자욱한 날에 나는 쉽게 울적해진다. 박자가 느린 노래를 틀고 노란 조명을 켜도 나아질 기미가 보이지 않아 카페로 피신을 떠났다. 집을 지켜 보겠다고 침구에 러그도 들였지만 또 실패다.

사장님이 만들어 준 따뜻한 크루아상을 맛보자 언제 그랬냐는 듯 기분이 한결 나아져서 괜히 진 듯한 기분이 들었다. 집에 오래 머물러도 무섭기나 두렵지 않은 사람이 되고 싶었는데, 아직 갈 길이 멀다. 한 가지 다행인 점은 멀리 도망쳐도 천천히 되돌아온다는 것. 너무 멀리 도망치지 않는다는 것. 미처 짐을 챙길 겨를 없이 급하게 도망친 날에 그 흔적을 읽고 제자리로 가기 위해 뒤돌 수 있다. 이 능력을 얻기까지 오랜 시간이 걸렸다.

올해 초만 해도 열 개 이상의 항우울제를 삼켰다. 이젠 하루에 알약 하나만 삼키면 일상을 나름 무사히 영위할 수 있다. 감사를 표하는 나에게 선생님이 속삭였다.

"약물 치료보다 중요한 건 조증이 올 때와 우울이 올 때를 잘 구분하는 거예요."

기분이 들뜨면 텐션이 너무 높아지지 않게 조절하고 슬프면 너무 울적하지 않게 몸을 움직이라는 뜻이었다. 울적할 때 카페로 도망가는 것은 이제까지 해 온 기반이 있어서 어떻게든 도전할 수 있었지만, 문제는 경조증이 찾아와 기분이 좋아질 때였다. 지인을 즐겁게 하고 분위기를 밝게 만드는 재주는 사회에서 우대받는 능력이라 억지로 기분을 붙잡아 내리기엔 아쉬웠다. 하지만 기분을 난기류 타듯 움직이지 않게 하려고 조언을 따르기로 했다. 기분이 너무 좋아 카드를 꺼내 긁고 싶을 때마다 눈을 감고 무언가를 사고 싶은 마음, 어딘가로 떠나고 싶은 마음을 잠재운다.

덕분에 스스로 묻고 답하는 횟수가 늘었다. 야근과 주말 근무를 지나 오랜만에 움켜쥔 휴식인데 왜 이렇게 처지냐는 질문에 답한다. 비바람이 치잖아. 너는 발바닥이 찐득거리는 높은 습도를 싫어하잖아. 책을 읽은 지 너무 오래됐고. 네게 해 준 음식은 뭐가 있니. 하다못해 밥에 얹을 달걀프라이를 천 원 주고 사 먹으면서. 잔소리 같은 답이 나오면 나는 등을 일으켜 프라이팬을 데운다. 습도를 줄이는 데 도움이 될 캔들 워머를 켠다. 나아지지 않으면 오늘처럼 카페로 도망을 친다. 그리고 도망친 이유를 곰곰이 고민한다. 혼자 있는 것이 지긋 지긋해 군중 속의 고독을 즐기고 싶어서라면 카페에서 머무 는 시간을 즐기지만, 단순히 집을 떠나고 싶어서라면 그 이유 를 파헤치는 식이다.

자기 연민이나 자기 과시가 심해질 때, 괜스레 친구가 미 워질 때, 푹 쉬었는데 몸을 일으키지 못할 만큼 무기력할 때, 일어나지 않은 일에 대한 과도한 걱정이 생길 때 나는 감정이 더 멀리 도망치지 않도록 구질구질하게 이유를 묻는다. 예전 에는 대처법만 떠올렸다. 좋아하는 음식과 싫어하는 사람의 형태를 분명히 말할 수 있을 만큼 나와 친해지는 것만이 잘

가꾼 하루라 느꼈다. 문제가 생기면 무조건 마주 보고 해결하는 것이 정답이라고 믿었다. 그러나 신념이 탄탄해질수록 다치는 사람이 생겼고 하루가 순탄해지지 않았다. 매사 마주 보고 충돌하느라 감정이 고갈돼서 정작 써야 할 때 감정을 꺼내지 못했다.

어떤 상황에서는 문제가 더욱 거대해지지 않게 되도록 빨리 해결해야 할 때가 있으나 문제의 근원을 찾기 힘들 만큼 마음이 아프거나 지쳤을 때, 상대에게 시간이 필요하다는 얘기를 들었을 때는 재촉하지 않고 잠시 그 자리를 피해 도망치는 것도 방법이었다. 정답이 아닌 방법. 단 하나의 정답이 아닌 여러 방법 중 한 종류. 다만 짐을 챙기지 못할 만큼 급히 떠나는 도망은 피신처에서 그 이유를 짚는 것이 탈이 덜 생겼다. 다른 장소로 도망치거나, 할 일을 두고 자꾸 다른 일로 도망가는 행동을 알아차릴 때마다 나는 어릴 때 들은 얘기를 떠올린다.

"여기서부터 걸어가는 곳까지 깃발을 꽂고 돌아오면 그만큼의 땅을 줄게요."

사람들은 다시 이곳으로 와야 한다는 사실을 잊고 욕심을 못 이겨 한계 이상의 거리를 걷는다. 그리고 탈진해 생을 마감한다. 조금의 땅도 갖지 못한 어리석은 사람들의 이야기를 떠올리면 조금 더 용기 내 뒤돌 힘이 생긴다. 결국은 돌아와야만 한다. 그래야 마음 편히 누울 만큼의 땅덩어리를 가질 수 있을 테니. 나는 도망치고 싶은 욕구를 고이 접어 두고 뒤를 돈다. 이 정도면 됐다.

귀엽지 않은 빌런

흙탕물에 빠진 듯 한참을 허우적댔다. 직장에서는 저지르지 말아야 할 실수를 연달아 했고, 맡은 강의는 준비한 내용과 무관한 제목을 달고 홈페이지에 올라갔다. 업무 분위기를 역전할 수 있는 외주 영상은 기대에 못 미친 결과물로 책임자인 나를 주눅 들게 했다. 손쓸 수 없이 빠르게 가라앉는 기분을 끌어올리고자 추천받은 책을 꺼내 들었다. 대단한 문장이 억지스럽지 않게 단단히 엮여 내밀한 이야기를 담담하게 펼치고 있었다. 무난하게 여러 쇄를 찍은 작가는 심지어 은둔을 자처하느라 인터넷에 이름을 검색해도 아무 정보도 나오지 않았다.

흐르지 않을 듯한 시간은 어느새 퇴근 시각에 다다랐다. 마르지 않은 축축한 빨래가 된 것처럼 터벅터벅 건널목을 건너는데, 오토바이를 탄 아저씨가 급브레이크를 밟으며 커다랗게 혼잣말을 했다. 듣는 사람도, 그가 들은 말을 전해 듣는 사람도 얼굴이 붉어질 만한 말이어서 최대한 순화하면 "하여튼, 세상에 거지 같은 사람들이 저렇게 많다니까"였다. 목적지에 빨리 도착해야 하는데 브레이크를 밟게끔 만든 내가 미운 것이었다. 고개를 숙이고 걷던 나는 갑자기 들려온 험한 말에 깜짝 놀라 주변을 둘러봤지만 나 말고는 아무도 없었다. 그는 나를 한참 노려보다 오른쪽으로 방향을 틀어 쏜살같이 사라졌다.

세상에는 다정한 사람이 많다는 것을 안다. 대가를 바라지 않고 다정과 선의를 베푸는 사람들을 만난 덕분에 나도 그쪽에 가까이 가는 법을 익혔다. 다만 나쁜 사람도 좋은 사람만큼이나 많다. 컨디션이 괜찮을 때라면 나쁜 사람을 만나더라도 그 사람만 탓하며 잠깐 어두워진 뒤 금세 밝아지겠지만, 이번에는 아니었다. 아저씨의 상스러운 욕은 나를 재로 만드는 기폭제가 됐다. 알코올의존증을 앓던 나는 혼자 술 먹는 습관을 완벽히 끊었지만, 앞을 가로막았다는 이유 하나로 무

참한 욕을 들은 충격에 편의점에 들어가 소주병을 집어 들고
야 말았다.

숨 쉬듯 못된 말을 내뱉고, 지나가든 말든 가래침을 끌어
뱉고, 권위를 악용해 명함을 호텔 초대권으로 바꾸는 사람이
아직도 있다. 삶과 죽음의 갈래에서 간신히 삶의 끈을 붙잡은
사람은 그런 사람을 만나는 순간 잠잠해진 물음을 수면 위로
꺼내 올린다. 이렇게 나쁜 사람이 가득한데 왜 살아야 하나.
가만히 있었을 뿐인데 속과 정신을 갉아먹는 사람이 사는 세
상에서 나는 선에 근접한 가치를 꾸준히 품을 수 있을까. 살
아생전 동생은 어른들에게 못된 말을 자주 들어 마음의 병을
앓았다. 역시 마음의 병을 앓는 나도 그의 말에 무기력과 더
불어 분노의 감정이 들었다. 저런 사람이 있어 우리가 낫지
않는 거야. 나를 괴롭힌 상대의 사정을 헤아리려고 필사적으
로 노력했지만 도저히 그럴 수 없었다. 귀엽지 않은 빌런이
었다.
　한창 마음이 아팠을 때는 귀엽지 않은 빌런을 모두 해치워
야겠다고 결심했다. 실행에 옮기는 순간 감옥에 갇히겠지만
그건 중요하지 않았다. 칼과 총을 들지 않은 채 혀만으로도

사람을 물리적으로 죽일 수 있다는 사실을 깨달은 후였다. 단짝에게 계획을 털어놓자 친구는 최대한 덤덤한 표정을 꺼내며 답했다.

"살인자 친구를 둔 우리의 심정을 상상해. 네가 좋은 사람이라는 걸, 착하다는 걸 알아. 처음 보는 사람을 배려하고자 뒷걸음치는 데 힘을 들이지 않는 네가 한순간의 행동으로 악인이 됐을 때, 그 결정에 이를 때까지 막지 못한 친구의 아픔을 조금만 헤아려 봐."

그때 나는 나를 지나치던 오토바이만큼 빠르게 제자리로 돌아왔다.

친구의 말을 떠올리며 힘을 주어 쥐었던 술병을 냉장고에 도로 넣어 놓았다. 아무 잘못도 하지 않은 상황에서 받은 못된 말도 모두 체로 걸러 다정한 말로 내보내면 더 많은 사람을 살릴 수 있지 않을까 싶었다. 모르는 이에게 친절을 베푸는 여유를 품는 것은 돈과 명예를 안는 것만큼이나 어렵지만 다정함만큼은 풍족해져서, 귀엽지 않은 빌런을 해하는 대신 사랑하는 사람을 살려야겠다고 마음먹었다. 미움에 휩쓸려 나를 지우는 일은 없도록. 흐릿해지는 좋은 사람을 선명하게 만들겠다고. 함께 다정한 길을 걸으면 더할 나위 없이 맑은

날일 것이다. 짙은 안갯속에서도 우리는 눈에 띄게 또렷할 것
이다.

몸을 움직인다는 이유로
타인을 미워하기 쉬운 세상에서

* 이 글은 2021년 7월에 썼다.

상대에게 미소를 보이는 방식이 바뀌었다. 입꼬리를 올려도 누구 하나 볼 수 없으니 과장되게 눈을 접는다.

코로나19가 세상에 나타난 지 어느새 2년이 되어 간다. 여기서 딱 2주만, 아니, 한 달만 더 버티면 백신도 퍼지고 나아지겠지 싶었지만 다시 대유행이 시작됐다. 어렵사리 겨울을 보냈는데 확진자가 또 1만 명을 넘었다나. 감염병으로 인한 전 세계 사망자는 무려 500만 명을 넘었고 변이 소식까지 들린다.

석 달 사이 재외공관 두 곳에서 외교관 두 명이 극단적 선택을 했다. 타지 생활로 가족을 본 지 오래된 데다가 귀국이 가능해도 양쪽 나라의 의무 격리를 지키다 보면 격리만 하다 휴가가 끝나 고립감이 날로 깊어졌다고. 코로나 블루가 원인으로 추정된다고 한다. 이번 주에는 코로나19로 생활고를 호소한 기초 수급자 가족 세 명이 슬픈 선택을 했다. 감염병 시대에는 나라 전체의 긴장도가 높아지며 서로 단합하느라 자살률이 감소한다는 얘기가 나오지만, 그렇다고 안심할 수는 없다고 생각한다.

이 상황에서 강제로 집 밖에 나오지 말라 소리치는 것이 안전한 선택일까. 본가에 내려오기 전 원룸에만 틀어박혀 있던 나는 내내 강한 우울감으로 아픈 선택을 진지하게 고려했다. 그러니 아무리 모르는 사람에게라도 무작정 집에만 있으라 화낼 수 없는 노릇이다. 그렇다고 아픈 마음을 밖에 나가 자유로이 풀라고 할 수도 없으니 답답함만 커졌다. 나는 어떤 말도 함부로 하지 않는 대신 행동을 보이자고 결심했다. 처음 실행한 것은 심술부리는 사람의 배경을 알고자 하는 노력 없이 무작정 손가락질하는 버릇을 놓는 방식. 내 행동을 칭찬하는 과정에서 타인을 깎아내리는 습관을 없애니 조금 더 편안하게 밤을 맞이하게 됐다.

눈앞에 무거운 짐을 안은 채 눈물을 흘리는 사람이 있다면 어떤 말을 전할까. 손을 내밀어 그의 짐을 덜고 싶어도 이미 내 팔에도 짐이 한가득 들려 있다. 주변에 도움을 구하려 해도 모든 사람이 제 몫의 짐을 안은 채 눈물을 흘리니 나는 구조의 말을 외치는 대신 사랑의 말을 건넨다. 그 과정에서 어떤 말을 전해야 할지 오래 고민했다. 모두에게 무거운 짐이 있으니 당신도 힘내라는 말은 위험하다. 상처의 무게를 견준다고 나아지는 것은 하나도 없다. 당신이 아프지 않으면 좋겠다고 얘기해도 팔이 떨어질 것 같은 고통에 신음하는 이에게 진심이 빠르게 다가갈 리 없으니 그저 짐을 이해하는 방법을 택했다. 나는 당신이 될 수 없어 감히 헤아리기 어렵지만, 그 짐이 참 무거워 보인다고. 이 말을 한 뒤에도 힘이 조금 남는다면 언젠가 그 짐을 함께 들고 싶다는 말을 전한다. 고민 끝에 떠올린 최선의 표현이다.

세상을 사는 사람 모두가 존경스럽다는 말을 한 적이 있다. 그 생각은 쭉 유효하다. 우리는 기약 없는 행복 대신 오전과 오후의 행복을 찾아야 내일을 맞이할 힘이 생긴다. 몸은 떨어져야 하지만 마음은 단합해야 하는 동시대를 보내는 사랑하는 사람에게 마음을 전하고 싶어 오지랖을 부린다. 몸을 움직인다는 이유만으로 타인을 미워하기 가장 쉬운 세상, 사람들이 각자의 무게를 조금이나마 헤아리고 무작정 손가락질하지 않기를 소망한다.

나는 나의 짐이 천천히 덜어지는 순간, 주말마다 고립된 이들을 위한 봉사를 나갈 예정이다. 세상에 자신을 구하고 타인까지 구하는 사람 한 명이 확실히 있다는 사실만으로 우리 마음은 조금 더 훈훈해지므로 오늘도 나는 두리번거리며 한 사람의 몫을 덜기 위해 내 몫을 줄이려 애쓴다. 곧 당신에게도 다가가는 사람이 나타날 테니 그 짐의 무게를 한없이 감당해야 한다는 불안은 덜었으면 좋겠다. 어쩌면 당신이 가장 먼저 당신의 몫을 덜고 타인을 구하는 사람이 될 수도 있다고 생각한다. 버티는 날이 모이면 언젠가는 버티지 않아도 되는 날이 오겠지. 적당한 낙관을 잃지 않은 채 이성을 차리고 지금을 직시한다.

이러나저러나 외롭다면야

1-1.

마스크 없이 거닐어도 신고받지 않을 무렵 내 직업은 커뮤니티 마케터였다. 영화나 책으로 사람을 모이게 하고, 평소에는 만나기 어려울 만큼 접점이 없는 이들과 하루 동안 삶의 부분을 나누며 '내 세계가 이토록 좁았구나' 하고 자신이 속한 세계 밖을 염탐하는 기쁨을 마음껏 누린 기회였다. 모임 한 번에 다섯 명에서 여덟 명이 모였으니 못해도 한 달에 50명 이상은 만나던 시기였다. 그래서인지 맑은 낮에도 우두커니 집에 홀로 앉아 있을 때면 과거의 내가 코로나19로 사람과 단절될 것을 미리 알고서 분에 넘치게 많은 사람을 만나고 다녔을지 모른다는 상상을 한다.

2-1.

오랜만에 인스타그램에 들어갔더니 친한 친구들이 캠퍼스에서 학사모를 던지는 사진이 첫 화면을 장식했다. 영어가 지긋지긋하다는 이유로 어학 시험을 포기한 나는 졸업 요건을 충족하지 못해 수료 상태였다. 조금만 더 힘을 내서 꾸준히 공부했더라면 방바닥에 앉아 사진에 '좋아요'를 누르는 대신 그들 옆에서 '좋아요'를 함께 받지 않았을까 생각하니 자책이 내 옆에 나란히 앉았다. 졸업식에 초대받았으면 갔을 텐데 싶다가도 졸업하지 못한 사람이 졸업식에 가면 기뻐해야 할 순간에 괜히 주인공들이 눈치 볼까 봐 차라리 초대받지 않은 것이 낫다는 결론을 내렸다. 이런 생각은 반나절만 해도 충분하지만 나는 무려 일주일이나 했다. 참고로 이 생각의 끝은 '인생은 혼자인가'다. 그러니 누군가에게 서운한데 차마 말 못하겠다면 조용히 훌훌 터는 쪽이 심신에 이롭다.

1-2.

오랜만에 직장 동료와 함께 커뮤니티에 참여한 날이었다.

영업시간 제한이나 모임 인원수 제한 같은 규칙도 없어서 밤이어도 온 세상이 소란스럽던 그날, 함께 버스 정류장까지 걷는 와중에 그가 물었다. "집에 가면 어떠세요? 저는 사람들이랑 시끄럽게 만나고 난 뒤 집에 갔을 때 그렇게 공허할 수가 없어요." 우리는 회사에서도 사회에서도 외향적이기로 유명한 사람이었다. 낯선 이에게 먼저 말 거는 것이 당연한 사람. 정적이 길어지면 괜히 식은땀이 나는 타입.

2-2.

유튜브에 '인생은 혼자'를 검색했더니 '세상에 내 편은 원래 없어'나 '친구의 기쁨을 진정으로 축하해 주는 사람은 없어요'라는 메시지가 나왔다. 위로를 바라고 찾아 헤맨 것은 아니지만 예상치 못한 얘기에 외로운 밤이 한층 더 외로워졌다. 외로움을 자주 검색하면 못된 알고리즘에 의해 고독사한 청년들의 영상이 추천되니 유튜브에 외롭다는 얘기는 되도록 쓰지 않는 것이 마음 건강에 이롭다. 그건 그렇고 당장의 나는 친구의 기쁨을 축하할 수 없는 것일까. 세상에 내 편은 없을까. 진지하게 고민했는데 그건 아니었다. 다만 친구의 삶을 궁금해하는 시기에 내가 힘들다면 기쁨은 물론 슬픔까지도 함께 겪을 여유가 없다는 것은 안다. 그러니 내가 건강해지려고 노력해야 덩달아 우정도 지킬 수 있겠다는 확신이 생겼다. 지금은 친구의 졸업 선물이나 생일 선물을 고를 여유는 없지만, 힘든 시기를 무사히 이기고 나서는 더 잘 챙겨 줄 힘이 생길 테니.

1-3.

"그러면 집에 갔는데 너무 외로울 때는 어떻게 하세요?" 내가 묻자 그가 뒷짐을 지고 작은 보폭으로 느리게 걸음을 뗐다. "또 친구를 만나요. '지금 자냐?' 문자 보내고. 깨어 있으면 바로 만나러 가고요. 가까운 편의점에서 맥주라도 마시러 얼른 나가죠." 그는 다음 날 아침이면 경기도에서 서울까지 출근해야 하는 사람이었다. 낮에는 직장에서, 저녁에는 커뮤니티에서 사람을 만나야 하고 주말에는 연인과 데이트를 할 테니 혼자 있는 시간이 극히 적을 것이다. 조금 전까지 사람들과 시끄럽게 얘기하다가 집에 돌아와서 누군가를 만날 힘이 어떻게 생기냐고 묻자 그가 답했다. "그래서 최대한 집에 가면 쓰러지게끔 노는 편이에요."

2-3.

아픈 얘기와 즐거운 얘기가 손을 잡고 TV에 나왔을 때, 둘 다 비등비등한 비중으로 해석되는 날에 나는 연락처에 있는 사람에게 무작정 전화를 걸어 "잘 지내냐! 보고 싶다!"라고 외칠 예정이다. 그런데 지금은 "나야 잘 지내지, 요아 너는?" 이라는 질문에 "사실 나는 잘 못 지내⋯"라고 답할 것이 뻔히 보이므로 우선은 나를 챙겨야 한다. 그래서 패러글라이딩을 예약했다.

외로움과 패러글라이딩이 무슨 상관인가 궁금해하실 분에게 잠깐 귀띔하자면, 인기 없는 저녁 시간에는 패러글라이딩을 하는 사람이 별로 없을 테니까 아무도 없는 하늘에서 마음껏 소리 지를 수 있다. 매일 저녁 땅에서 외로워했는데 내일은 신기하게 하늘에서 외로워할 수 있다. 물론 완전히 혼자는 아니다. 내 뒤에 안전 요원이 있으니까. 뒤에서 간혹 "안 무서우세요?"라고 물어봐 주실 분에게 "네! 안 무서워요!"라고 말할 수 있듯, 가까운 미래에는 "이제 마음 괜찮아?"라는 질문을 받았을 때 "당연!"이라고 소리칠 수 있지 않을까. 이번 비행이 여러 면에서 활용할 수 있는 멋진 연습이 되기를.

1-4.

"저도 집에 가면 엄청 엄청 외로워요"라는 말을 속으로 담았다. 여기서 이 얘기를 하면 이 사람이 계속 외로움에 질 것 같아서였다. 꼭 이겨야 하는 것은 아니지만, 아무도 만나지 못할 때 외로움을 맞닥뜨리면 두려울지도 모르니까. 나는 자주 외로움에 지는 편이지만 때때로 이긴 적도 있어서 얘기를 두 갈래로 말할 수 있는 능력이 생겼다. 그래서 바로 이 말을 꺼내 놓았다.

"저는 그래서 혼자 있을 때 외로우면, 외로움을 그린 그림 같은 것을 감상하면서 찐득찐득한 음악을 틀어 놓고 즐겨요. 아, 나 완전 외롭고 고독하구먼. 그렇게 조금만 참으면 나중에 웃기거든요." '괜히 제가 귀여워 보이고'라는 말은 그대로 넣어 뒀다. 거기까지는 오버인 것 같아서.

아무튼 이 대화가 나만의 것이 아니었으면 좋겠다.

고립감과 불안 덜기

주인공 얼굴과 이름과 나이는 가물가물한데 유독 선명하게 기억나는 장면이 있다. 통나무집에 성큼 들어서는 한 아이의 뒷모습이다. 무엇이 특별하나 싶지만, 통나무로 둘러싸였다고 해서 보통의 통나무집이라고 생각하면 오산이다. 배낭을 멘 아이는 확신에 찬 눈빛으로 빽빽하게 우거진 숲에서 비슷해 보이는 나무 한 그루를 잡아 들어서는데, 그러면 순식간에 커다랗고 조용한 집이 펼쳐진다. 화르르 불타오르는 벽난로와 푹신한 소파로 아늑함을 더한 안락함의 대명사 같은 공간. TV 속 풍경을 마주친 뒤 나는 완전히 그 설정에 매혹됐고, 숲을 거닐 때마다 내 방이 없는지 괜히 소나무

몇 그루를 더듬거리며 무료한 시절을 견뎠다.

그로부터 10여 년이 흐른 지금, 나는 틈만 나면 휴대폰의 전원을 끈 채 없는 돈으로 빌린 체리색 몰딩의 원룸에서 마법의 집에 사는 아이처럼 홀로 아침을 맞이한다. 혼자 살면 가족의 입김 없는 고요를 만끽할 수 있음에 충만하나, 대개 외롭고 쓸쓸하며 정해지지 않은 미래에 불안하다.

사는 집은 방음이 되지 않아서 마음만 먹으면 1층 치킨집에서 거나하게 맥주를 들이켠 사람들이 시시덕거리며 하는 농담도 알아낼 수 있다. 귀를 기울이면 호기심은 풀리지만 외로움은 한층 가중된다. 나를 제외한 세상 사람들이 모두 기쁘고 바쁜 것 같기만 하다.

처음에는 무료함과 외로움을 없애기 위해 집에서까지 머리를 싸매야 할 과중한 업무를 자원했다. 눈코 뜰 새 없이 바쁘면 외로움과 불안을 느낄 여유가 없으리라고 생각해 터무니없는 수고비로 백 페이지가 넘는 책을 디자인하기까지 했다. 그러나 바빠질수록 이렇게 사는 것이 맞느냐는 물음이 떠올랐고, 소진된 채 침대에 몸을 누이면 아무도 위로해 주지 않아 홀로 떨어진 듯한 기분이 들었다. 통나무집에 사는 마법의 아이는 혼자여도 분명 씩씩하게 삶을 영위한 것 같은데,

나는 기껏 집을 구해 놓고 하루에 카페를 네 곳이나 들락날락 했다. 홀로 있으면 이대로 눈을 감아도 아무도 알아채지 못할 것 같은 기분에 휩싸여서였다. 살아 있는 사람들 사이에 끼고 싶은 욕망과 너무 가까이 가고 싶지 않은 욕망이 더해지면 부른 배를 감싸 안은 채 커피를 네 잔이나 마실 수 있다는 배우지 않아도 될 사실을 배웠다.

외로움을 해소하기 위해 별일을 다 해 봤다. 소개팅은 물론이고, 공백을 견디지 못해 오디오 북을 연달아 들었다. 영상을 켜고 억지로 깔깔 웃어 보기도 했다. 가끔 결이 맞는 사람들과 직접 만나기도 했으나 집에 오면 곧바로 헛헛해졌다. 낮에 만든 즐거운 기억이 저녁까지 가는 사람이 있는가 하면, 나는 함께 있을 때의 소란스러움과 홀로 있을 때의 고립감에 괴리가 생겨 괴로워하는 사람이었다. 그런 밤이면 술을 마신 채 무례를 무릅쓰고 친구들에게 전화했으나 다음 날이면 그들의 출근길을 더욱 피곤하게 했다는 사실에 미안했다. 사무치게 커다란 고립감을 도움 없이 스스로 해결해 보자고 다짐했다. 애정하는 지인을 만나도 좀처럼 해결되지 않는 외로움이었으므로. 우선 영국에 신설됐다는 외로움 장관의 존재를 기억했다. 나뿐만 아니라 사람이라면 모두가 외로움을 느끼니 그 파장이 사회적으로 커지자 담당 장관이 생긴 것이 아니냐는 확신으로 나의 감정이 혼자 겪는 감정이 아님을 일깨웠다.

외로움 장관이 없는 한국에서 어떻게 이 고립감과 불안을 극복할지 고민하다가 외로움이 찾아온 이유를 뜯어봤다. 이는 마음의 정체를 파악하는 과정과 비슷했다. 언어에는 무지막지하게 흐르는 다채로운 느낌을 하나로 명료하게 정리하는 단점이 있다. 그러니 느끼는 감정은 단순히 고립감이나 불안에서 그치는 것이 아니라 더욱 복합적인 감정일지 모른다는 직감이 들었다. 쉽게 고립감과 불안이라고 칭하게끔 생긴 감정을 뜯어본 결과 내 경우는 크게 세 가지로 나뉘었는데, 단짝의 부재와 능력에 대한 불신과 금전의 한계였다.

세상 사람들에게는 마음 맞는 친구가 가득한 것 같은데 내가 좋아하는 이는 나를 좋아하는지 확신이 없었고, 누구에게나 있다는 능력과 돈도 없다는 기이한 확신에 불안했다. 그러나 친구가 한 명도 없느냐 하면 그건 아니었다. 만약 없다고 해도 앞으로 만들면 그만이었다. 돈과 능력도 마찬가지였다. 앞으로 만들면 그만이었다.

반갑지 않은 고립감과 불안이 침대에 허락 없이 쪼그려 있다고 해서 그들을 노려보며 내쫓을 필요가 없었다. 어차피 그들은 내보내려 해도 자꾸만 찾아왔으니. 그렇다면 왜 나를 만나고 싶어 하는지 물어야 했다. 단순히 내가 보고 싶어 놀러 왔을 수 있겠지만, 감정에는 이유가 동반되기 마련이니까.

　홀로 떨어져 외로움을 느끼는 고립감이 찾아올 때마다, 또렷하게 정해지지 않은 미래에 불안함을 느낄 때마다 나는 침대까지 쫓아온 아이들에게 왜 왔는지 번거롭게 묻는다. 그들은 너무 작게 말해서 치킨집 손님의 이야기를 엿들을 때보다 더욱 귀를 기울여야 한다. 그들은 중얼거린다. 스페인에 살고 싶은데 스페인어를 못해 슬프네, 친구와 실컷 떠들고 싶은데 친구를 못 만나니 괴롭네, 글을 더 잘 쓰고 싶은데 창작 능력이 없어서 속상하네, 종잡을 수 없이 길어지는 코로나19 상황에 마스크를 언제까지 써야 하는지 답답하네, 더 좋은 집으로 옮기고 싶은데 돈이 없어 언제까지 좁은 집에 살아야 하는지 마음이 아리네.

　뭉뚱그려 고립감과 불안이라 말하는 감정을 면밀하게 들여다보니 이랬다. 더 잘 살고 싶은 마음, 더 좋은 공간에 몸과 마음을 기대고 싶은 바람, 고민을 세세히 말하지 않아도 척하면 아는 친구를 사귀고 싶다는 욕망, 지긋지긋한 감염병 사태가 종식되기를 원하는 소망.

부정적이라 여겨지는 감정이니 피하려면 북적이는 카페로 도망칠 것이 아니라 대화를 시도하는 쪽이 그들과 타협하는 좋은 방법이었다. 기어코 대답을 들으면 곧장 잠으로 도피할 것이 아니라, 때마다 찾아오는 그들이 어떻게 드물게 찾아오게 만들지 고민하는 과정이 필요했다.

TV 속 아이가 부러웠던 이유는 단순히 통나무집에 들어서는 마법 능력을 갖춰서가 아니었다. 널따란 집을 마련하는 능력과 손님이 오면 언제든 반길 준비가 된 튼튼한 삶의 기둥을 세운 단단한 모습 때문이었다. 이제 나는 밖에서 어떤 신명 나는 대화 소리가 들려도 귀를 기울이지 않는다. 고립감과 불안이라는 녀석의 얘기를 듣기도 부족하다. 불안을 많이 느끼게 태어났다고 해서 불안이 올 때마다 나를 미워할 필요는 없다. 범불안 장애라는 간략한 진단이 나를 대표하는 특징은 아니니까. 나는 불안에 잠식된 사람이 아니라, 불안이라는 친구가 조금 더 많아서 얘기를 오래 들어 줘야 하는 것뿐이다.

이제 나는 지은 지 오래된 낡은 빌라에서 감정의 욕구를 알아차린다. 친구가 없다는 기분에 사로잡힐 때면 오래전 연락이 끊긴 친구에게 뜬금없이 새해 복 많이 받으라는 전화를 하고, 안면 없는 작가님께 책을 써 주셔서 고맙다며 메시지를 보낸다. 미래가 막막하다는 불안이 깃들면 외국어 학습지를 끊고, 창작 능력이 커지리라는 확신을 지닌 채 책을 탐독한다. 한참 열중하다 뒤를 돌아보니 고립감과 불안이라는 녀석이 온데간데없이 사라졌다. 놀아 주지 않아 심심했는지 다른 집으로 떠난 모양이었다. 다른 집에 찾아갔을, 어쩌면 당신의 집에 찾아갔을 고립감과 불안이라는 녀석을 마주치면 절대 놀라지 말기를. 오히려 그들의 손을 잡아 주기를. 그들은 너무나 조용히 얘기해서 귀를 한껏 기울이는 노력이 필요하지만, 꼭 그들에게 찾아온 이유에 대한 답장을 듣기를.

　홀로 지내도 아늑한 통나무집을 짓기 위해 나는 오늘도 근질거림을 참으며 할 일을 정한다. 바쁨을 위해 꾸며 낸 일이 아닌, 진정으로 하고 싶은 일로. 사회가 정한 어른의 쓸모를 행하기 위한 일이 아닌, 고립감과 불안이 내밀하게 털어놓아 준 마음이 향하는 일로.

　물론 고립감과 불안을 매일 개인적 수준에서 해결할 필요는 없다. 눈치 보지 않고 마음껏 감정을 나눌 사회적 커뮤니티가 필요하다. 고립된 청년들을 살필 구체적인 정책과 사람들의 심리적 지지가 동반되어야 한다. 한국에도 얼른 외로움 장관이 생기기를. 그날을 기다리며 우리만의 통나무집을 만들자. 밖에 오래 나와 있으면 얼른 들어가고 싶은 마음이 저절로 차오르는 애틋한 통나무집으로.

저마다의 우물

돈을 벌기 위해 잠시 미술관에 몸을 담았다. 미술관 건물 외벽은 투명한 통유리였고, 말끔한 창문을 허공이라 착각해 날아든 많은 새들이 머리를 부딪혀 목숨을 잃었다. 미술관의 관리 아래 창문을 닦을수록 구별하기 어려운 투명함에 더 많은 새들이 다치고 죽었다.

사무실에 앉아 있는데 둔탁한 소리가 들렸다. 문을 여니 작은 새가 꼼짝도 하지 않고 누워 있었다. 역시나 스티커도 붙어 있지 않고 블라인드도 쳐지지 않은 깨끗한 창문을 허공으로 오인해 부딪힌 모양이었다. 나가가 자세히 보니 다행히 죽지 않고 기절한 듯했는데, 나와 동료들은 이 새를 반드시

날려 보겠다는 일념으로 말을 꺼내지 않고 저마다 분주하게 새를 깨울 방법을 모색했다. 가만히 두기에는 눈바람이 휘몰아치는 겨울날이어서 그대로 깨기만 기다렸다가는 자칫 얼어 버릴 가능성이 있었다. 그렇다고 손으로 쥐기에는 다칠까 조심스러워서 우선 물을 줘야겠다고 생각했다. 물. 지구에 머무는 개체에게 없어서는 안 될 요소.

나는 그릇을 들고 정수기로 뛰어가 따뜻한 물을 가득 받았다. 그리고 누운 새 앞에 뒀는데, 당연히 새는 물이라고 반기며 마시지 않았다. 뾰족한 부리가 두려워 차마 물을 입에 넣어 주지 못했는데, 추운 겨울날 영원히 일어나지 못할 새를 생각하니 마음이 아려서 살짝 벌린 부리 틈 사이로 물을 천천히 흘려보냈다. 동료는 어디선가 박스를 가져와 새가 체온을 빼앗기지 않도록 바람을 막았다. 10분 정도 흘렀을까, 새는 느리게 눈을 깜빡이더니 벌떡 일어섰다. 우리는 고요한 환호를 지르며 지켜봤다. 이제 할 수 있는 것은 새가 스스로 날기만을 기다리는 일뿐이었다.

새는 정신을 차리기 위해 종종걸음으로 균형을 잡더니 우리의 바람대로 곧 날개를 천천히 푸드덕거리며 먼 나무로 날아갔다. 새가 인간의 말을 한 것도, 묘기를 부린 것도 아니고 그저 원래 할 수 있는 것을 했을 뿐인데 살아서 스스로 날개를 움직였음에 나도 몰래 감탄했다. 새를 발견한 우리에게 물이 있어 다행이라는 안도감이 번뜩 지나갔다. 새가 깨어나 삶을 더 여행하도록 돕겠다는 우리의 마음에 애정이라는 물을 퍼낼 수 있는 작은 우물이 고여서 다행이라고.

혼자 살고 싶은 때가 있었다. 속세와 연을 끊고 절에 들어가려면 머리를 밀어야 하니 차차 적응하자며 우선 투블록(앞머리와 윗머리는 남기고 옆머리와 뒷머리를 짧게 치는 헤어스타일)부터 했다. 바뀐 머리를 보고 다들 왜 그러냐고 물을 줄 알았는데 의외로 그런 사람은 별로 없었고, 되레 멋지다는 소리를 들었다. 멋지다는 소리를 들으니까 정말 멋져지고 싶었다. 이유를 캐묻지 않고 변하면 변한 대로 멋지다는 이야기를 건네는 지인들이 있으니 조금 더 속세에서 지내 보자는 결심을 했다.

종일 집에 머물며 글을 쓰다가 문득 청소년 소설에 담고 싶은 내용이 스쳐 가 소설을 투고했다. 친구가 왜 있어야 하냐는 내용의 소설이었다. 세상에 발표된 청소년 소설에는 단짝이 꼭 한 명씩은 있던데, 현실 세계에서 단짝이 없는 친구가 그 책을 읽으면 크나큰 소외감에 빠질지 모르겠다는 마음으로 도전한 소설이었다. 마음을 기댈 친구가 없는 주인공을 등장시켰다. 소설은 번번이 탈락해 노트북 안에서 나오지 못했고, 친한 친구가 없다고 생각한 나는 '세상이 이토록 친구를 권하면 친구 없는 사람은 도대체 친구를 어디서 만들란 말이야' 하고 좌절했다. 내가 좋아하는 친구는 있지만 그 친구들은 나를 그만큼 좋아하지 않으리라고 확신하던 때였다.

친구들은 내가 사무치는 외로움에 아파한다는 사실을 인지하고, 그게 아니라 말하기 위해 많은 사랑을 베풀었다. 그들은 내가 새에게 건넨 우물을 이미 하나씩 가득 품고 있었다. 다치고 기절한 나에게 부리 틈으로 물을 천천히 먹여 줬다. 술을 마시고 전화했을 때 끝까지 얘기를 들어주며 먼저 끊지 않았고, 비행기를 타고 제주와 서울을 왕복하는 날에는 날짜를 기억하며 조심히 가라는 연락을 했고, 어떤 친구는 갑자기 하트를 날리는 이모티콘으로 잘 지내냐는 안부를 전했다. 잠시 제주에 내려온 지인들은 1박의 짧은 일정에도 나를 꼬박꼬박 찾았다. 거절하지 못하는 나는 지인의 얼굴을 마주 봤고, 넌 빛나고 있다는 얘기를 귀가 아플 만큼 들었다. 신기하지, 빛난다는 소리를 들으니까 정말 빛나고 싶었다.

브런치에 동생의 부고가 담긴 글을 올렸을 때 많은 이들이 댓글을 달았다. 어두운 얘기로 물을 흐리냐는 얘기를 들을 줄 알았는데 딴판이었다. 그들은 한 번도 보지 못한 내 동생의 안녕과 명복을 빌었다. 스스로 떠난 사람을 눈으로 보고도 삶을 이어 나가야 하는 나에게 앞으로 쭉 살아 달라는 소망을 남겼다. 자신의 사연을 덧붙이는 사람도 있었다. 저에게도 아픈 가족이 있어요. 저도 비슷한 경험이 있어요. 살아요. 아프고 괴로워도 우리 살아요. 설령 모든 것을 잃어버렸다는 생각에 빠지더라도 그건 오해예요.

나는 아플 때마다 그들의 댓글을 읽으며 살았고 그렇게 1년을 버틴 생존자가 됐다. 물을 길어 아픈 이에게 먹여 줄 수 있는 저마다의 우물을 지닌 사람들이 세상에 이토록 가득한 덕분이었다. 그제야 내 소설이 당선되지 못한 이유를 조금이나마 헤아릴 수 있을 것 같았다. 세상은 마냥 냉혹하지 않다고, 어둠이 존재하는 만큼 빛 역시 공존한다는 사실을 뒤늦게 알았다. 세상이라는 유리에 부딪혀 기절했을 때는 어둠만 있는 줄 알았는데, 눈을 감은 채라 내 앞에 누군가 따뜻한 물을 준비해 뒀다는 사실을 알지 못했다.

어제도 새가 죽었다. 청소부의 손길로 사체는 금세 치워졌고 채 정리되지 못한 깃털 하나가 남아 있었다. 인간의 편리와 미관이라는 욕심으로 하루에도 셀 수 없이 많은 새들의 날개가 꺾인다. 유리벽에 새 충돌 방지 스티커를 붙이거나 밖에서는 불투명하게 보이도록 만드는 노력으로 스러지는 목숨을 살릴 수 있다. 기절한 새에게 물을 건넬 만큼 사람들 마음에는 저마다의 우물이 하나씩 마련됐지만, 애초에 유리가 깨끗하게 닦인 이상 착각을 피하기는 어렵고 따라서 죽음을 모면할 수 없다. 사람도 마찬가지라 생각한다. 한때 내 편이 아무도 없다는 생각에 휩싸였던 나처럼 깊은 고립감을 느끼는 사람들에게 손을 내밀 특수 유리창 같은 정책과 관심이 필요하다.

친구가 있음에도 그렇지 않다고 오해한 이유는 내가 말하지 않아도 내 사연과 기분을 모두 헤아려 줄, 나조차 될 수 없는 말도 안 되는 친구를 찾아서였다. 타인은 공감하지 못할 고민이라 생각해 마음을 닫은 사람들이 만일 이 글을 읽고 있다면 온 힘을 다해 눈을 살며시 뜨기를. 당신의 아픔에 귀 기울이며 선뜻 애정을 베풀 우물을 지닌 사람들이 가득함을 기억해 주기를. 당신이 유리에 부딪혔다는 사실을 알지 못해 당신을 찾지 못했던 것이지, 상처를 조금만 열어젖혀도 사람들은 당신의 곁에 머물며 기꺼이 우물을 내보일 테니. 우리에게는 모두 우물이 있음을 잊지 말아 주기를. 물론 당신에게도 말이다.

우리는 지금 살고 있군요

한창 아플 때는 그런 생각을 하며 일어났다. 왜 오늘은 세상이 망하지 않았나.

눈을 뜨는 행동은 같은데 뒤따라오는 생각은 작년과 정반대였다. 원래의 나였다면 명랑하지만 소란스러운 알람을 끄며 '오늘은 뭘 할까'라거나 '오늘은 어디를 가 볼까' 궁리했다면, 요즘은 자기 공격적이다 못해 파괴적인 마음을 품었다. 비싸게 들인 피아노와 닌텐도, 시간을 들인 친구와의 통화도 모두 재미없었다. 바쁘게 사는 사람을 보면 나아질까. 두 명이 눕기에 협소한 원룸에 살아도 즐거운 마음으로 출근하는 친구를 보면 자연스레 열의라는 감정이 자라날 줄 알고 속세로 나와 봤지만 아니었다. 친구들이 바쁘게 지내는 모습을 볼수록 속은 천천히 타들어 갔다. 이렇게 쉬어도 괜찮나. 정말 아무것도 하지 않아도 괜찮나. 하려는 의지와 실행하는 노력이 합쳐지면 부정의 굴도 결국 빠져나가는 나였기에 암흑 같은 죄책감의 시기도 금세 털어 버릴 줄 알았다.

나는 1인분을 하지 못하는 사람이야.

어느 오후, 느리게 일어난 나에게 속마음이라는 환청이 들렸다. 직장에 다니지 않거니와 구직도 하지 않는 내가 볼품없어 보였다. 무거운 몸을 일으켜 침대에 걸터앉았다. 방문을 걸어 잠근 동생과 친해지고자 구미가 당길 만한 여러 영화를 준비했다. 하나뿐인 동생과 친해지지 않으면, 서울에서 자신의 몫을 다하는 친구와 연락이 끊기면, 돈을 벌지 않으면 쓸모없는 사람이라는 낙인이 찍힐 것 같았다. 최근 들어 글도 쓰지 않고 영화나 책도 보지 않으니 오늘 무얼 했냐는 질문에 제대로 답하지 못하는 날이 이어졌다. 매일 누워 지내니 번아웃은 아닌데 아무것도 하지 못하는 무기력함은 번아웃과 같았다. 지금의 나라는 사람을 좀처럼 인정하기 어려워하는 하루히루가 지나갔다.

이러다가는 자기 파괴적 사고로 영영 돌아오지 못할 길을 건너겠구나. 밧줄을 잡는 마음으로 음악 치료를 신청했다. 한 시간에 6만 원이 든다지만 의욕을 상실한 나에게 무언가 조그마한 열정을 선사한다면 무엇이든 해 볼 용의가 있었다. 상담을 신청하거나 약을 받아 올 때마다 선생님들은 입을 모아 나에게 무척 건강한 사람이라고 칭찬했다. 나아지려는 힘이 없는 사람은 자신을 위한 일에도 주저한다고. 앞에서는 군말 없이 고개만 꾸벅 숙였지만 속마음은 달랐다. 상담을 받든 받지 않든, 약을 먹든 먹지 않든 우울 어린 이 시대를 겪는 모든 이가 건강한 사람이다. 속이 답답하고 숨을 채 쉬지 못하고 나를 탓하는 아픈 생각이 자꾸 들어도 밥을 먹고 잠을 자는 사람. 자신을 해하려는 욕구를 참으며 때때로 웃는 사람. 겉으로는 아무렇지 않게 보이니 의지를 지니라거나 배가 불러서 그렇다는, 정말 배고프면 우울조차 느끼지 못한다는 말도 안 되는 얘기를 듣는 사람 전부 대단하다.

"주로 뭘 하며 지내나요?"

음악 치료 선생님이 물었다.

"잠을 자요. 별것 없죠."

내가 답했다. 내내 잠만 잔다고 하면 대개 제때 자고 제때 일어나야 한다거나 몸의 컨디션을 유지해야 마음의 컨디션도 관리할 수 있다는 충고를 들었지만, 오늘의 선생님은 다른 반응을 보였다.

"아니에요. 사는 거죠."

"하지만 다른 사람은 사는 상태가 기본값이잖아요."

삐뚤어진 말투에 선생님은 잠시 주저했다.

"하지만… 요아 씨는 지금 살고 싶지 않다고 했으니까요. 그런 상황에서는 내 마음이 다 됐다고 하기 전까지는 사는 게 하는 일이 아닐까요."

값을 구하시오. 답을 맞히시오. 어른들은 답을 많이 맞히면 더울 때 시원한 곳에서 일하고 추울 때 따뜻한 곳에서 일할 수 있다고 했다. 세상에 조언이 넘쳐흐르는 것은 뚜렷한 답이 없어서라는 사실은 알았지만, 좀처럼 사람도 만나지 못하고 밝은 미래는 보이지 않고 마음은 자꾸 후퇴하는 시기라 꼭 답을 구하고 싶었다. 누군가 나타나 네가 살아야 하는 이유는 이거라고 짚어 주길 바랐다. 공무원이 되라거나 대기업에 들어가라는 직업상의 이유 말고, 어차피 삶은 끝나기 마련이니 버티라는 애기 말고 의미를 정해 주는 사람.

좋아하는 것을 따라가면 살고 싶은 이유를 찾는다지만 향초부터 립밤, 샐러드, 스콘, 패러글라이딩까지 예전의 내가 좋아하던 것을 똑같은 시간에 똑같이 해도 예전만큼 짜릿함을 느끼지 못했다. 나를 꼭 쥐고 구기면 바스락거리는 소리가 들릴 거야. 그나마 맺혀 있던 물기가 증발해 껍데기만 남아 간신히 나풀대는 사람이 됐다. 어쩌면 매사 싫다는 말을 입 안에 담고 있어 그나마 재미를 주려는 상황도 피해 버린 것일 수 있겠지만.

목표를 세우고 그걸 성취하며 20년 넘게 산 사람이 목적 없이 쉬면 답답하다. 다른 이와 비교하지 말고 자신의 삶을 살라지만, 사회적 동물에게 타인을 완벽히 무시하고 살라는 얘기는 쉽게 실행하기 어려운 조건이라 생각한다. 피곤하거나 그 어떤 일도 하지 못할 때, 평소 좋아하던 것들이 더는 내 눈길을 끌지 않을 때 우리는 잠시 쉬자고 결심한다. 그렇지만 그 잠시라는 시간은 정해지지 않아서 한 달, 두 달이 흐르면 이제 그만 쉬어야 한다는 생각이 든다. 아무도 규정하지 않은 자체 방학이라는 시간에 머리를 굴리느라 몸은 쉬어도 정신은 스스로를 미워한다.

그러면 모두가 목표를 사는 것으로 바꾸면 어떨까. 서로를 질투하고 자신을 사회의 잣대에 들이밀지 않고서 조금이라도 마음 편히 움직이는 방안. 유명한 대학이나 기업 말고, 수도권의 높은 아파트 말고, 차트 안에 속하려 전전긍긍하지 말고 그저 사는 것. 가만히 생각해 보면 사는 것은 참 어렵다. 굶어 죽지 않으려 때에 맞춰 적당한 영양도 입에 넣어 줘야 하고, 잠도 자야 하고, 가끔 사람들과 얘기하기 위해 뉴스를 틈틈이 봐야 한다. 치아가 썩지 않도록 양치질도 하고 벌레가 꼬이는 것을 방지하기 위해 미룬 설거지도 해야 한다. 와중에 차에 치이지 않으려고 빨간불에서는 잠시 멈추고 초록불로 바뀌면 길을 건넌다. 가스와 전기가 끊기지 않게 돈을 내야 하는 것은 물론이다. 세상의 규칙을 습득하고 몸이 망가지지 않게 하는 모든 것이 기본값으로 뭉뚱그려져 그 밖의 명예와 돈을 바라보는 것 같다.

오랜만에 연락이 닿은 친구가 나에게 무얼 하고 있냐고 물어보면 "살고 있어"라고 답해도 이상한 시선으로 바라보지 않는 세상이 왔으면 좋겠다. 훗날 면접장에서는 "휴식기에 뭘 했어요?"라는 질문을 받겠지만, 그때 세 번은 "세상을 접고 싶은 마음을 잠재우고 살기 위헤 애썼습니다"라고 답해야겠다. 세상에서 제일 오글거리는 사람이 된다고 해도 끄떡없다.

한창 무기력하던 시절이라 나를 설득할 확고한 답을 얻지 못하리라는 것을 알면서 선생님에게 질문을 던졌다. 왜 살아야 하느냐고. 어떤 답을 해야 할지 눈을 굴리며 답한 말씀이 기억에 오래도록 남았다.

"죄송해요. 사실 저도 잘 모르겠어요. 그런데 우리 살아 있잖아요."

멋들어진 위로보다 훨씬 위안이 되는 말. 숨이 붙어 있으니 계속 버티라는 뜻이 아닌, 살아 있다는 현재 상황을 잊은 나에게 똑똑하게 짚어 주는 지금 살아 있다는 정확성. 비록 허울뿐인 삶이라 느껴져도 지금 나는 잘 살고 있다는 칭찬. 당신은 살고 있군요. 당신은 무얼 하지 않아도 살고 있어요. 당신은 그 사실 하나로 만족스럽지 않다고 느끼겠지만 저에게는 충분하다고 느껴져요.

왜 살아야 해요?

영원한 난제에 도전하는 모습을 책으로 공표해도 되는지 고민했다. 그러나 나를 포함해 공허와 허무에 시달리는 많은 친구들이 지금도 삶의 의미와 이유를 찾지 못해 매일 밤 자기혐오와 함께 삶을 끝내고 싶은 충동에 허덕이므로 미약하게나마 나만의 답을 알리고 싶었다. 결론부터 말하자면 자신을 해하고 싶은 충동에 시달릴 때마다 귀가 따가울 만큼 많이 들은 이야기일 테다. 삶은 살 가치가 있으므로, 살라고. 이 이야기는 삶을 끝내는 게 더 편할 것 같은데, 왜 인간으로 태어나 고통을 겪이야 하느냐는 동생의 물음에 제때 답하지 못하고 홀로 심연에 들어가 고심하며 내놓은 대답이다.

인간은 자유의지를 갖고 행동하며 흐르는 생각을 자신의 언어로 표현한다는 점에서 대단하다. 하지만 어떤 면에서는 작고 보잘것없다. 재해와 역병이 들이닥치면 사력을 다해 지키던 일상이 순식간에 무너진다. 인간은 전생에 어떤 잘못을 했기에 세월에서 비롯되는 고통을 겪고, 든든한 보금자리가 되어야 할 사회와 가정과 사람에게서 얻은 아픔으로 점철된 삶을 걸어가야 하는지 아득하다. 명예나 돈처럼 갖고 싶은 것은 쉽게 움켜쥐지 못한다. 사랑하는 사람이나 평생을 지켜 온 가치처럼 열망하고 욕망하는 존재를 눈앞에서 떠나보낼 때는, 분명 괜찮다고 다독인 고독이 틈에서 빠져나와 또다시 피어오를 때는 어찌할 수 없는 인간의 초라함과 우주의 거대함에 압도된다.

많은 것을 잡지 못한다고 느낄 때면 현실과의 타협을 시도한다. 지금 내가 가질 수 있는 것과 갖지 못하는 것을 나눈 뒤 이루지 못할 꿈과 이룰 수 있는 꿈을 구분한다. 분명 잡을 수 있는 꿈이라 여겼는데 멀어지면 낙담한다. 그 과정에서 신임을 잃고 거대한 빚을 졌다면, 몸과 마음이 붓거나 다쳤다면 모든 욕망이 저물고 단 하나의 욕망이 반짝인다.

죽고 싶다는 욕구. 끝내고 싶다는 욕망.

나는 기쁨보다 절망에 압도되어 끝내고 싶었다. 하나뿐인 생이 주어져 맑은 공기를 맛볼 수 있다는 환희에 찬 만족감보다, 다 필요 없으니 제발 나에게 영원한 안식을 달라는 마음이 더 컸다. 기쁜 일이 아예 없었느냐 하면 그건 아니었지만, 행복을 느끼는 역치값이 높았다. 사람들이 행복이라 느끼는 것들도 나에게는 시시했고 금세 휘발됐다. 지금보다 더 어릴 때는 명예와 돈에도 관심 있었지만, 시간이 흐르면서 전전긍긍하며 붙잡으려 애쓰는 명예와 부에 대한 부담감을 알아차리곤 쌓기를 그만뒀다. 대신 좋은 사람은 될 수 있는 만큼 많이 곁에 두고 싶었다. 그러나 첫인상은 좋은 사람처럼 보일지라도 그렇지 않은 사람들이 꽤 있어서 불가피하게 데이고 상처 입으면 인간관계마저 부질없게 느껴졌다. 익숙한 권태가 찾아왔다. 누워서 천장을 응시하는 시간이 길어질수록 이렇게 사는 것 자체가 곧 죽음이 아닌가, 그렇다면 몸이 존재하는 탓에 반드시 피어나는 식욕을 채우려 움직이는 것이 아니라 영영 이대로 굳으면 얼마나 좋을까 생각했다. 휴대폰을 꺼내 안락사가 합법화된 나라를 찾았다. 성사할 수 있는 돈을 모았다.

　동생이 죽고 싶다고 진지하게 말할 때마다 간절하게 말리

지 않았다. 비행기표를 끊고 육지에 있는 동생에게 향할 생각
을 하지 않았다. 나도 그 아이와 비슷한 생각을 지녔으므로.
죽는 쪽이 편안할 것 같았다. 당최 의미 없어 보이는 삶을 구
태여 살아야 하는지 의문이 들었다. 백과사전을 들춰 보면 생
활에서 궁금한 것에 대한 거의 모든 답이 빽빽하게 차 있는데
왜 살아야 하는지에 대한 또렷한 답은 없다. 왜 살아야 하냐
는 데 답이 없다는 것은 살 의미가 없는 쪽으로 해석될 여지
가 있다는 뜻 아닌가. 작은 일을 하더라도 반드시 의미를 찾
아야 실행하는 나는 온갖 자료를 읽으며 왜 살아야 하는지 탐
구했다. 그건 왜 죽으면 안 되냐는 질문에 답하는 과정과 같
았다. 내로라하는 철학자의 답도 완벽하게 만족스럽지는 않
았다. 내 삶을 운용하는 사람은 결국 나이기에, 누구보다 나
를 설득할 만한 나만의 답이 필요했다.

비평을 감안하고 그 답을 조심스레 공개하기로 결심했다.
삶의 이유와 목적을 탐구하는 독자 중 한 분에게라도 반드시
전달되리라 믿는다.

대학이 끝이라 여기던 때가 있었으나 당연히 아니었다. 취
업이 끝이라 여기던 때도 있었지만 역시나 아니었다. 결혼을

하지 않았고 부자도 아니지만, 들어 보면 부를 불리고 아이를 낳고 육아하는 것도 생의 종착점이 아닌 것 같다. 이 논리가 죽음에도 적용된다면, 스스로 생을 등져 세상을 떠나는 행위 역시 끝이 아닐지 모른다는 생각이 들었다. 죽은 후에도 고통이 이어진다는 뜻은 아니다. 지구를 떠나 도착한 그곳에서 동생이 매일 편안했으면 좋겠다는 바람을 품기에. 다만 삶만 비춰 봐도 매 순간이 고통스럽거나 행복하지 않으니 그곳도 이곳과 비슷하다면 매일 평안하기는 힘들겠다는 생각이 들었다.

살아 있는 사람 중 사후 세계를 다녀온 사람은 없어서 사후 세계가 있는지는 모르겠다. 만일 사후 세계가 있어서 누구도 부럽지 않을 저마다의 안식을 취하며 편안하게 휴식하고 있다면 얼른 그 단계로 향하고 싶다. 그러나 사후 역시 지금 우리가 선 땅의 상황과 비슷하다면, 혹은 평안도 고통도 없는 무의 상태가 아니라면 복잡해진다. 상황을 바꿀 육체가 없어 더 큰 고난에 빠질 수 있을지 모르니. 우리는 지금 살고 있고, 상황을 바꿀 여지가 있고, 스스로의 뜻에 따라 움직일 기회가 있다.

죽음을 간절히 원하던 때 나는 번번이 죽음이 오는 시각을 앞당기려 애썼다. 그건 죽음이라는 약속 시간이 오기를 희망하며 시곗바늘을 앞으로 돌리던 어린 날의 나와 비슷했다. 모두가 아는 사실이지만, 시곗바늘을 돌린대도 시간은 빨리 오지 않는다. 처음 그 사실을 인지하고 세상이 떠나갈 듯 크게 울었던 기억이 선명하다. 생각을 미래에 두고 시간을 버티니 원하는 시간은 찾아왔지만, 막상 바라던 약속 시간이 끝나자 허무했다. 기다리느라 하루가 온통 흘러 버려서였다. 기다림에 초점을 맞춘 나머지 시간을 모두 바닥에 버린 듯한 느낌이었다. 힘으로 애써 붙잡던 시곗바늘에서 손가락을 떼면 다시 바삐 움직이던 바늘은 건전지가 다해 그대로 멈췄다. 시계가 멈춰도 시간은 돌아간다. 시계는 시간을 표시하지만 시간을 대신하지 않는다. 몸이 기능을 멈춰도 몸을 대신한 기쁨과 고통은 그대로 흐를지 모른다는 생각을 했다.

'시계의 수명이 다하듯 삶도 언젠가는 수명이 다하니 필요 없는 것일까' 하는 기묘한 생각이 들 때마다 나는 현재를 떠올린다. 사물에 수명이 있다고 아무런 물건도 들이지 않는 사람은 없을 것이다. 지금 쓸 가치가 충분하므로 우리는 세탁기와 냉장고와 침대를 들인다. 단순히 가치 있는 사물에만 해당하는 이야기는 아니다. 타인을 설득할 만큼 뚜렷한 쓸모가 없더라도 그저 내 마음에 들면 집으로 들인다. 나아가 애정이 담긴 선물을 받으면 감사한 마음으로 집에 들인다. 그렇게 들인 존재가 내 생명과 몸이라면 조금 더 귀하다. 심지어 내 생명은 직접 고르지 않았는데 도착한 선물이다. 신기하고 반가울 따름이다. 선물을 보낸 발신자는 인간으로서 영영 알 수 없는 노릇이지만.

원하지 않는 선물이라 거절하고 싶은 마음이 들 수 있다. 실수로 받아 버렸기에 발신자가 보지 않는 곳에서 선물을 버리고 싶은 마음이 들 수 있다. 그런데 그 선물은 세상에 단 하나뿐이다. 어디서 어느 때 빛을 발할지 알 수 없다. 당신에게만 귀띔하자면, 그 선물은 꼭 빛을 발하지 않아도 그 자체만으로 아름답다. 함께 선물을 받은 나 또한 잊어버릴 수 있어서 우리가 받은 선물의 특징을 짚어 본다. 그 선물은 자신을 넘어서 다른 존재까지 기꺼이 사랑할 만한 힘이 있다. 선물끼리 주고받은 사랑은 연이 닿지 않는 타인에게까지 닿을 수 있어 궁극적으로 세상을 사랑으로 물들일 수 있다. 이 순간에도 타인에게 받은 고통에 앓는 사람이 있지만, 범죄는 계속해서 발생하고 해를 입힌 범죄자는 알맞다고 여겨지는 형을 받지 않지만, 그럼에도 우리에게는 다정한 이야기를 씩씩하게 전하고 나와 상대를 애틋하게 바라볼 용기가 있다.

　삶이 살 만한 가치가 있는지에 대한 각자의 답은 오늘 오후 6시 40분에 문득 구할 수 있고 죽기 전까지 영원히 발견하지 못할 수 있다. 그러나 나는 앞에 놓여 있더라도 줍지 않는 쪽이 더 편할 것 같다. 온갖 모험을 떠나 어렵사리 찾았는데 마음에 들지 않는 답과 의미를 받았다면 더 공허할 테니까. 존재만으로 아름다운 선물을 받았다는 사실을 그만 잊어버리고, 주어진 의무에 도달하기 위해 골몰할 테니까.

　그러니 넌 존재만으로 아름다워.

　네가 지닌 삶은 삶 자체로 완전해.

　사랑하자고.

　그 말을 해 줬어야 했다.

영영 고르지 않을 선택지

'자살력'이라는 말이 있습니다. 가족 중 한 명이 스스로 생을 끊으면 남은 가족이 떠난 이의 뒤를 따라 같은 방법으로 세상을 등질 수 있다는 뜻이에요. 처음 이 말을 들었을 때는 여기서까지 힘이라는 뜻의 한자를 운운해야 하나 싶어 마음에 무언가 얹힌 듯 답답했습니다. 우울증과 불안 장애도 유전적 영향을 무시할 수 없다던데, 자살까지 핏줄의 영향을 받는다면 제 미래 역시 스스로 목숨을 끊는 결말을 맞을 것인가 하는 고민이 들었습니다.

단어에 믿음이 깃들어서일까요. 실제로 '우울 삽화'라 불리는 조울증 속 우울 단계에 있을 때는 무기력하게 누워 죽음을 고려했습니다. '조증 삽화'가 이어지면 감정선이 올라가며 솟아오르는 자신감과 행동력이 생겨 실제로 행동할 수 있다는 가능성에 두려운 감정이 일었습니다. 세상이 저를 보고 손가락질하는 듯한 기분이 들었어요. 당신은 아무리 활기차게 살고 재미를 추구하며 우정을 쌓아도 결국 본인의 힘으로 세상을 저물고 말 결말이 결정된 채 태어난 사람이라고요. 양극성 장애라는 병을 공부할수록, 자살을 연구할수록 슬픈 확신에 시달렸습니다.

이왕 세상을 일찍 떠나는 결말로 매듭지어졌다면, 조금이라도 도움이 되는 죽음을 맞이하자는 생각이 들었습니다. 동생을 포함한 청년들의 자살이 사회적으로 주목받다가 차츰 내림세로 기우는 듯했습니다. 저는 의사 선생님을 찾아가 말했습니다.

"선생님, 제가 오늘 청년 자살률 퍼센티지를 높이는 데 일조하려고요. 그러면 세상이 저희를 더 주목하지 않을까요?"

선생님은 외려 저를 당황스럽게 만들려는 듯 말간 얼굴로 안경을 올리며 답했습니다.

"솔직하게 말할까요. 한 명 죽는다고 퍼센티지 안 올라요.

아득바득 살아서 여기 존재한다고 보여 주는 게 이기는 거예요."

말없이 눈을 내리깐 저에게 선생님은 낮은 목소리로 똑똑하게 한 문장을 덧붙였습니다.

"요아 씨는 글을 쓴댔죠."

선생님은 저를 믿는다는 이야기를 끝으로 더는 붙잡지 않고 가차 없이 상담을 끝냈습니다. 허탈한 발걸음으로 터덜터덜 집에 도착한 뒤 가장 먼저 한 일은 죽을 때 쓰려 모아 둔 물건을 빠짐없이 버리는 것이었습니다. 지고 싶지 않았습니다.

말끔하다 못해 텅텅 빈 책상 위에 노트북을 올려놓았어요. 청년 자살률의 퍼센티지를 높이자는 결심을 할 정도로 우리에게 주목하라 말하려는 의도의 속뜻은, 그만큼 청년을 보살펴 주고 살려 달라는 뜻인 듯했습니다. 이대로 죽게 가만히 내버려 두지 말라는 의미인 듯했습니다. 글로 세상에 고함을 치는 동시에, 좁은 방에서 고독하게 살아가는 저와 닮은 친구들에게 전달되기를 바라며 편지를 썼습니다. 죽음만이 답이라며 방법을 고민할 때보다 명쾌한 기분이 들었습니다.

원고를 쓰며 매일 살아야겠다고 다짐한 것만은 아니었습니다. 휘발되는 기억을 쥐어 잡고 과거를 헤집는 방식으로 동생을 독대하는 과정에서 힘겨움을 느꼈어요. 또 살아야 한다는 답을 어렵사리 내미는 중인데, 책이 나오면 사람들에게 동정받을지 모른다는 상상이 들 때 아득했습니다. 하지만 이제는 누군가 제 인생을 두고 안타깝다고 평가한대도 두렵지 않아요. 적어도 말미에 온 지금만큼은 불행 울타리를 완벽하게 빠져나왔다는 자신감이 듭니다.

종종 헤매더라도 길을 잃지 않고 제 안의 답을 무사히 찾은 것은 독자님들의 존재 덕분이었습니다. 세상이 꺼린다고 확신한 동생의 이야기를 어둡지 않다고 지지해 주고 따스한 말을 건네주신 덕분이었습니다.

소중한 말을 품에 꼭 안은 채 미래의 저에게 묻고 또 물었습니다. 어떤 이야기를 하고 싶냐고요. 삶을 사는 친구들에게 어떤 편지를 부치고 싶은지요. 삶을 등지고 싶어 하는 친구들에게 어떤 진심을 전하고 싶은지요. 편지를 쓰는 행위는 비단 타인만을 향한 것이 아니었음을 쓰면서 비로소 깨달았습니다. 불행 울타리를 두르는 것이 편하다며 이전으로 돌아갈 언젠가의 저를 위한 기록이기도 했습니다.

책을 손에 쥐고 단번에 읽어 내리신 분도, 중간중간 숨을 고르며 천천히 읽은 분도 계실 거예요. 우리에게는 다양한 선택지를 만들 능력이 있다는 얘기, 기억하시죠. 그 선택지에 죽음이라는 보기는 영영 들어가지 않았으면 좋겠습니다. 물론 한번 선택지에 들어가면 때때로 그 보기가 답인 것처럼 머릿속을 명확하게 채울 때가 있습니다. 그 선택지를 애써 지워 내셨으면 좋겠습니다. 삶은 그 자체로 완전하니까요.

저도 고르지 않겠다고 약속할게요. 마음 한편에 고이 놓아뒀던 선택지를 영영 택하지 않겠다고요. 자살력이라는 단어역시 원래부터 만들어지지 않았다는 듯 머릿속에서 지워 보겠다고요.

당신은 어디서 이 책을 읽고 있나요. 당신은 어떤 선택지를 품고 있나요. 당신 앞에 펼쳐질 반드시 찾아올 다음 날은 얼마나 밝고 광활할까요. 책을 집어 들기 이전과 비교해 불행울타리에서 몇 걸음이나 빠져나오셨을까요.

맞아요, 당신의 모든 점이 궁금해요. 있는 그대로 아름다운 당신이라는 존재가 너무나 궁금해요. 물음표와 느낌표를 하나하나 놓아두고, 이제 저는 말간 얼굴로 안경을 고쳐 쓰며 바깥으로 향합니다.

밖에서 만나요, 우리.

오래도록.

* 멈춰진 시간과 흘러가는 시간 가운데서 아픔을 겪는 자살 유족을 위해 보건복지부는 '얘기함'이라는 비대면 프로그램을 개설했다. 한국생명존중희망재단에서는 '자살 유족 치료비 지원 사업'으로 유가족의 심리 치료 비용을 지원하며 서로의 얘기를 나누는 자조 모임을 소개한다. 더불어 포털 사이트 다음에는 '미안하다 고맙다 사랑한다'라는 이름의 자살 유족 카페가 있다. 타인을 선뜻 돕겠다는 마음에서 비롯한 도움과 격려를 주고받는 공간이니 필요한 분은 놓치지 않았으면 한다.

나를 살리고 ― 사랑하고

2022년 07월 01일 초판 01쇄 인쇄
2022년 07월 11일 초판 01쇄 발행

지은이 현요아

발행인 이규상 편집인 임현숙
편집팀장 김은영
책임편집 황유라 교정교열 이정현
디자인팀 최희민 권지혜 두형주 마케팅팀 이성수 김별 김능연 강소희 이채영
경영관리팀 강현덕 김하나 이순복

펴낸곳 (주)백도씨
출판등록 제2012-000170호(2007년 6월 22일)
주소 03044 서울시 종로구 효자로7길 23, 3층(통의동 7-33)
전화 02 3443 0311(편집) 02 3012 0117(마케팅) 팩스 02 3012 3010
이메일 book@100doci.com(편집·원고 투고) valva@100doci.com(유통·사업 제휴)
포스트 post.naver.com/h_bird 블로그 blog.naver.com/h_bird
인스타그램 @100doci

ISBN 978-89-6833-383-5 03810
ⓒ현요아, 2022, Printed in Korea

* 잘못된 책은 구입하신 곳에서 바꿔드립니다.
* 본 도서는 카카오임팩트의 출간 지원금과 무림페이퍼의 종이 후원을 받아 만들어졌습니다.